転生皇女は冷酷皇帝陛下に溺愛されるが夢は冒険者です！

2

akechi

Illustrator
柴崎ありすけ

ゼスト
竜族の族長で、アリアナの
育ての父。アレクシアからは
「じじい」と呼ばれている。
デズモンド
アレクシアを愛する
魔国の王。アリアナとは
親しかったようだが……？
ルシアード
アウラード大帝国の皇帝。
冷酷で他人への情を持たないが、
アレクシアに出会って変わっていく。
アレクシア
アウラード大帝国の第四皇女で、
大賢者アリアナの生まれ変わり。
明るくマイペースで悪戯好き。

ケルベロス
みたらし、きなこ、あんこという名前で、合体して一匹の巨犬になることもできる
ウロボロス
魔国で崇められている邪悪竜。アリアナの悪戯に苦しめられてきた。
ランゴンザレス
アレクシアの前世からの友人。普段は優しいが、怒ると口調が豹変する。
登場人物紹介

第一章　アレクシアと訪問者達

1　アレクシアのこれまでの活躍

アウラード大帝国の第四皇女として生まれたアレクシア・フォン・アウラードは、実は四百年前に実在した大賢者アリアナの生まれ変わりだった。

それにもかかわらず彼女は、生まれてすぐに実母であるスーザン第三側妃に森へ捨てられてしまう。

だが、そんな逆境にもめげず、大賢者として数々の修羅場《しゅらば》を乗り越えてきた前世の経験や、前世から引き継がれた強大な魔力を活かし、アレクシアは赤子ながらも一人逞《たくま》しく生き延びていた。

そうして過ごしていたアレクシアが三歳になった頃、いつものように森で狩りをしていた彼女は、父親であるアウラード大帝国皇帝のルシアードと出会う。

彼は、気に入らない者をすぐに厳罰《げんばつ》に処する、冷酷《れいこく》な人格破綻者《じんかくはたんしゃ》として有名だったが、アレクシアは臆《おく》することなく堂々と接した。ルシアードはそんな彼女に興味を持ち始めたのだった。

それから数ヶ月、アレクシアはルシアードと交流を深めていった。アレクシアの母方の祖父であるローランド・キネガー公爵《こうしゃく》や伯父《おじ》であるロインとも出会った。

その一方で、スーザン妃、正室であるエリザベス、帝国貴族の悪事を暴《あば》くといった、忙しい毎日を過ごしていた。

また、前世で従魔《じゅうま》だった、フェンリルの幼体である白玉《しらたま》、ガルムの幼体である黒蜜《くろみつ》、そしてケルベロスのみたらし、きなこ、あんこの三兄弟や、友人であった魔族のランゴンザレスとも奇跡的な再会を果たした。

時には平穏《へいおん》な日々があったもののそれも束《つか》の間《ま》、アレクシアは第二側妃エリーゼとその双子の娘に命を狙われてしまう。

絶体絶命の危機かと思われたがアレクシアは持ち前の魔力を活かし、彼女達を拘束することに成功した。

かくしてエリーゼ達は魔国《まこく》に追いやられ、その地で働かせられることになったのだった。

事件はこれで収束したと思われたが、何やらその頃、魔国では不穏な動きが起きていたのだった……

2　賑《にぎ》やかなお茶会に参上！

エリーゼが魔国に連れていかれてから、数日が経過した。

アレクシアは伯父であるロインの地獄《じごく》のような説教から解放されて、今は何故《なぜ》か皇宮の庭園で姉《きょう》兄《だい》達とお茶会をしている。

メンバーは皇太子であるシェインと、第一皇女のジェニファー、そして第二皇子のドミニクだ。

アレクシアと姉兄達がそのように交流することはあまりなかったが、アレクシアの次のような活躍によって、仲良くお茶会となったのである。

†

今から数日前のこと。

第二皇子のドミニクは、父親の愛を受けられない嫉妬《しっと》からアレクシアを殴《なぐ》ってしまったものの、逆に彼女に攻撃されて大怪我《おおけが》をした。

それにもかかわらず、ルシアードから罰《ばつ》として回復魔法を使うことを禁じられていたので、ずっと寝たきりで療養《りょうよう》することになっていた。

彼はその最中、母親であるエリーゼから言われ続けた言葉を思い出していた。

「陛下に似ていないわね」

ドミニクがまだ幼かった頃、エリーゼはそう言って、ドミニクの面倒を全て女官に任せ、彼と顔を合わせようとしなかった。

幼いドミニクは母の気を引こうと勉学と魔法の訓練に励《はげ》んだ。

だが、会う度《たび》に言われるのはその言葉で、褒《ほ》められることはなかった。その言葉は、いつしかドミニクにとって呪いのようなものになった。

そして先日、ドミニクは自身のコンプレックスを嫌という程に刺激する、父親ルシアードと瓜二つの幼い妹、アレクシアに出会う。

しかも彼女は父親と親しげに話をしていて、抱っこまでされていた。

それで、自分にはしてもらえなかったことをされている妹に無性《むしょう》に腹が立ち、まだ幼い妹を殴ってしまったのだ。

さらに不幸は続き、療養中の彼に衝撃的な報告が届く。母と妹が魔国へ追放されたのだ。

ドミニクの頭には、自分は何故一緒に連行されないのか、ここでも自分は無視されるのか、という思いが浮かび、涙が自然と流れた。

そうして悲しみに暮れる中、ドアをノックする音が響《ひび》く。

ドミニクは必死に涙を拭《ぬぐ》い、冷静さを装《よそお》ってから口を開いた。

「誰だ？」

「可愛い妹のシアでしゅよ！」

「え……アレクシアか？」

「ドアノブに手が届かないでしゅ、助けてくだしゃいな！」

ドミニクはベッドから立ち上がり、部屋のドアを開けるが、そこにアレクシアを見つけることは出来なかった。

ドミニクは思わず首を傾《かし》げる。

「いない？」

「下でしゅよ！　失礼な兄でしゅね！」

ドミニクが下を見ると、アレクシアが五匹の子犬達を連れて立っていた。

「お前、一人で来たのか？」

「そうでしゅよ？　シアは自立した幼女なんでしゅ！　取り敢《あ》えず部屋に入れてくだしゃいな！」

アレクシアはそう言うと、子犬達と一緒にドミニクを押し退《の》けてずかずかと我が物顔で部屋に入ってきた。

ドミニクは訳が分からずに、アレクシアの後を追うように歩く。

部屋の中央まで来たところで、アレクシアがドミニクに向き直り口を開いた。

「……怪我は大丈夫でしゅか？　シア、やりすぎまちた……すみましぇん」

アレクシアはドミニクに向かって頭を下げる。

「いや！　……俺の方こそ叩いて悪かった。お前に八《や》つ当《あ》たりしたんだ……あまりにも父上に似てたから……何故か悔《くや》しくて」

「はぁ？　馬鹿ちんでしゅね！　あんな厳しい父上に似ちゃ駄目《だめ》でしゅよ！」

「む。失礼だな」

背後からアレクシアの声とは対照的な落ち着いた声がする。声の主はルシアードだった。

ドミニクは、いつの間にか気配もなく現れたルシアードに驚き、腰を抜かしてしまう。

「父上！」

だが、すぐに我に返り、急いで跪《ひざまず》こうとする。

「そのままで良い。お前に報告がある、エリーゼと娘達は魔国に追放した」

「はい、聞きました。……ですが、何故私は追放されないのですか？　どうでもいいからですか？」

「お前は反省している。それに勉学も魔法も優秀だ、魔法に至ってはシェインを上回っているからな。魔国へ追放するには惜《お》しい人材だ」

ドミニクは驚く。ルシアードからそんなことを言われるとは思っていなかったからだ。父は出来損ないの自分には興味がないと感じていた。

嬉しくて涙がこみ上げてきた。

「うう……わーーん！」

ドミニクはルシアードに抱きついて大泣きする。

「む。……アレクシア、助けてくれ」

そんな息子を見て顔をひきつらせるルシアードを、アレクシアは横からパンチして怒った。

「馬鹿ちんでしゅか！　抱きしめるんでしゅよ！」

ルシアードはぎこちなくドミニクを抱きしめる。

暫《しばら》くするとドミニクは我に返り、急いで離れる。するとルシアードの服に鼻水がべったり付いていて、ルシアードはそれを見て固まっていた。

そんなルシアードを無視して、アレクシアはドミニクに近寄る。

「改めてドミニク兄上、よろしくでしゅよ！」

「ああ、アレクシア。ありがとう」

美しい兄妹愛の横で、ルシアードは固まり続けるのだった。

そしてその後、アレクシアがお茶会の話をドミニクにすると、彼は是非《ぜひ》参加したいと言った。

さらに、アレクシアによってシェインとジェニファーが招待されて今に至る。

†

四人は城の中庭でテーブルを囲み、和《なご》やかに談笑していた。

最初はドミニクを警戒していたシェインとジェニファーだったが、彼の境遇や最悪な母親を持つという共通点から次第に打ち解けていった。

アレクシアが元気に声を響かせる。

「シア達は仲良し兄妹でしゅよ！　親は関係ありましぇん！」

すると、ジェニファーが頷《うなず》いた。

「そうね、ドミニクも遠慮しないでこれからは定期的に交流しましょうね」

ジェニファーがそう言ってドミニクに微笑《ほほえ》みかけると、ドミニクも強く頷いた。

「はい、俺もこんなに楽しいのは初めてです！」

「うんうん、良かったよ……ところで後ろの圧が気になるよね」

シェインは後ろにいる大人達に苦笑いをしている。

アレクシアは椅子から下りて、見守っているつもりのルシアード、ロイン、ローランドの元へよちよちと歩いていった。

そして、手を広げてしゃがんで待っているルシアードに、アレクシアはデコピンする。

その行為を見てさすがに他の姉兄達の間に緊張感が漂うが、ルシアードは嬉しそうにしている。

「暇なんでしゅか!?　仕事をしなしゃい！」

そう言われて我に返り、ルシアードはロイン達とともに城に戻っていった。

†

翌日、アレクシアは部屋にルシアードがやって来たことで目を覚ました。

眠い目をこするアレクシアに構わず、ルシアードは無慈悲《むじひ》に告げる。

「アレクシア、お前にはこれから勉強をしてもらう」

「勉強ですと!?」

アレクシアは思ってもみなかった言葉を聞いて叫んでしまう。

「ああ、お前は賢いし、もうそろそろ始めても良いだろう」

「シアは三歳でしゅし、将来は冒険者になるんでしゅよ？　勉強なんてしたくありましぇん！　断固拒否しましゅ！」

「だが、今日はすでに家庭教師候補を数名呼んでいるらしいとロインが言っていてな……」

「……伯父上でしゅか？　何を言われたんでしゅか？」

ルシアードを訝《いぶか》しげに見るアレクシア。

「……アレクシアをちゃんと教育しないと、一緒に過ごす時間を減らすスケジュールを組むと……奴は悪魔だ」

ルシアードはこの世の終わりかのように頭を抱えてしまう。

「父上に悪魔と言われるなんて、伯父上はもはや帝国の裏ボスでしゅね！」

「……否定は出来ない」

お互いに頷き合う似た者親子。


それから二人は朝食を済ませ、家庭教師に会いに行く。

ルシアードに手を引かれてよちよち歩くアレクシアを微笑ましく見つめる女官達。だが、二人の足取りは重いままだった。

家庭教師が待っていると案内された部屋の前には、ロインとゼストが立っていた。

ゼストは竜族の族長で、アレクシアの前世、アリアナの育ての父だ。本来の竜の姿だけでなく、人間の姿になることも出来、彼は今、帝国と竜族の友好を示すためこの城で暮らしている。

ゼストはここ数日間、ロインから人間の常識や習慣などを学んでいたが、余程根詰めていたのか、久しぶりに姿を見せた彼は目が虚《うつ》ろで、頬《ほほ》が痩《こ》け、異常な程にやつれていた。

だが、ゼストはアレクシアを見た瞬間に目を見開き、アレクシアに近付いて抱き上げる。

「ああ～このぷにぷにほっぺに癒《いや》される！」

「じじい！　生きてたんでしゅね！　てっきりお空に……」

「生きてるわ！」

嫌そうなルシアードと嬉しそうなゼストに挟まれて、手を繋《つな》ぐアレクシア。

二人は中腰になり、アレクシアの歩幅に合わせている。


改めて部屋に向かいドアを開けると、そこには四人の男女が座っていた。

彼らはルシアードを見た瞬間に立ち上がってから跪《ひざまず》いた。

「この者達が、家庭教師候補に選ばれた者達です。一人ずつ面接を致します。まずはニーナ・コロニー伯爵《はくしゃく》令嬢、前へ出てきてください」

ロインにそう呼ばれて立ち上がったのは、黄色い煌《きら》びやかなドレスに身を包み、金髪に淡《あわ》いグリーンの瞳のとても派手で美しい女性だった。

その立ち居振舞いは、礼儀作法のプロだとアレクシアには感じられた。

「ルシアード皇帝陛下並びにアレクシア皇女、初めまして。私はダン・コロニー伯爵の娘、ニーナと申します」

ニーナの自己紹介を受けてアレクシアは少し前へ進み、胸を張って口を開く。

「アレクシアでしゅ。よろしくでしゅ！」

ニーナを真似て一生懸命に礼をするアレクシアに対して、ルシアードとゼストは大袈裟《おおげさ》に拍手喝采《はくしゅかっさい》する。

皆が驚いてアレクシアに注目するので、アレクシアは無性に恥ずかしくなる。そうしてよちよちとルシアード達の元へ戻り、足元にしがみつき顔を埋《うず》めた。

「三歳とは思えない程に綺麗《きれい》で素晴らしいですわ！」

ニーナ伯爵令嬢に褒められて、アレクシアは嬉しそうな表情を浮かべる。

「……本当でしゅか？」

「ええ！　ですがもっと笑顔の方が可愛いですわ！」

「笑顔でしゅか～……」

「む。アレクシアの笑顔は誰にも見せないぞ」

「そうだな、変な虫が付いたら厄介《やっかい》だ！」

「そこの二人うるちゃい！」

アレクシアがルシアードとゼストを怒る姿に、四人の家庭教師候補は驚く。

ロインがその様子を見て呆れつつも、場を進行させる。

「はぁ……ニーナ令嬢、ありがとうございます。次はダージェス・クルス侯爵《こうしゃく》、お願い致します」

すると、白髪《しらが》の髭《ひげ》が似合う、品があり穏やかそうな老人が自己紹介を始める。

「初めまして、私はダージェスと申します。魔術の研究をして八十年のしがない爺《じい》さんです」

彼は魔力・魔術研究をしている根っからの研究者だった。

「死なないじーさん？」

アレクシアの呟《つぶや》きに、皆が吹き出してしまう。特に言われた本人が大笑いしていた。

「シア、魔術に興味がありましゅ！　今の時代はどのくらい発展しているのか知りたいでしゅね！」

「はて、どの時代と比べてですかな？」

「大賢者アリアナの時代でしゅ！」

その名前に、ダージェスは大きく反応して、残念そうな顔をして口を開く。

「……悲しいことに、アリアナ様の記述や魔法書は一切残っていないのです」

「え、シアが教えた魔法……」

「皇女？」

思わず前世のことを口走りそうになるアレクシアだったが、ロインに睨《にら》まれて口をつぐむ。

「……そ、そうなんでしゅか。残念でしゅ！　どんな研究をしているのでしゅか？」

「実は、私もアリアナ様の研究をしているのですよ！　皇女様も興味がおありですか？」

「興味というか自分の……」

「皇女、黙ってください」

「ヒイ！」

ロインに笑顔で言われて、反射的にルシアードの後ろに隠れるアレクシア。

「ダージェス侯爵、ありがとうございます。次は歴史を教えてくださる、ユージン・アシュトン伯爵です」

アレクシアを黙らせたロインが、次の候補を呼ぶ。

ロインに呼ばれた男性は、とても歴史を教えられるようには見えない風貌《ふうぼう》をしていた。というのも、筋肉ムキムキで逆三角形の肉体をしており、着ている服がパツパツになっている。

ユージン伯爵は勢いよく立ち上がり、アレクシアの方へ向かった。

「初めまして‼　私は歴史と筋肉が大好き、ユージン・アシュトンと申します‼」

「声がでかいでしゅね……唾《つば》が飛びまちた」

「はっはっは‼　皇女様は歴史が好きですか？」

異様に声が大きいユージンに、アレクシアはすでにドン引きだ。

「シアは過去を振り返らないんでしゅ」

静かに見守っていたルシアードとゼストだが、その言葉につい吹き出してしまった。

「ふむふむ、皇女様は筋肉を付けないといけませんな!!」

筋肉を見せびらかすようなポージングをするユージン伯爵に、他の家庭教師候補達もドン引きしていた。

「聞いてないでしゅよ、この筋肉バカ」

「皇女様!!　歴史と筋肉は同じなのですぞ!!」

「……さっきから何言ってるんでしゅかこの人!」

「知れば知る程に愛着が湧《わ》くのです!!」

「全然上手くないでしゅよ!　伯父上〜!」

アレクシアはロインに猛抗議する。

「……こう見えて優秀なんですよ」

少し目を逸《そ》らし気まずそうなロインを、アレクシアはジト目で見る。そしてそのまま、ユージン伯爵に質問を投げかけた。

「ユージン伯爵は、どんな授業をするんでしゅか?」

「よくぞ聞いてくれました!!　まずは走り込みからスタートして腹筋と背筋を鍛《きた》え……」

「馬鹿ちんでしゅか!!　筋肉の方じゃないでしゅ!!」

「アレクシアは筋肉が付いても可愛いと思うぞ」

ルシアードが謎のフォローをする。

「筋肉から離れてくだしゃいな！　夢に出てきそうでしゅ！」

筋肉ムキムキのアレクシアを想像して大笑いのゼスト。このままだと筋肉自慢が始まりそうなので次に進むこととなった。

「次は芸術と音楽を教えてくださるエルマ氏です」

ロインに呼ばれた色気漂う銀髪碧眼《へきがん》の美青年が優雅《ゆうが》に立ち上がり、スマートに歩いてくる。

「ああ、皇女よ！　芸術を愛しなさい！　そうすると芸術から愛が受けられます!!」

エルマの演技じみた話し方に、アレクシアは少し嫌悪感を覚える。

「意味不明～」

アレクシアの言葉に皆が頷いてしまう。

「皇女、今の自分を歌で表現してみてください！　自由に！　エレガントに！」

エルマにそう言われたアレクシアは、心を無にして歌い出した。

「……ああ～私はアレクシア～でしゅ……三歳でしゅ～……お金が大好きでしゅ～……筋肉馬鹿にイライラ～……貴様にもイライラ～……エレガント！」

「アレクシア、お前は歌の才能があるな。心に響いたぞ」

アレクシアの歌を聞いて心から感動しているルシアードに、アレクシアはドン引きする。

「皇女、エルマは感動致しました！　歌は心で歌うのです！　皇女の歌は心が籠《こも》っていました！　パーフェクト！」

「ああ！　馬鹿ちんばかりでしゅ！　シアはこのままだと筋肉ムキムキの音楽家になっちゃいましゅよ！」

アレクシアはついに頭を抱えてしまった。

ニーナ令嬢とダージェス侯爵も、ユージン伯爵とエルマのクセの強さに苦笑いしている。

アレクシアは元凶であるロインに文句を言おうとしたが、ロインのあの笑顔が怖くて、反対方向にいるルシアードの元へ行くと、パンチをお見舞いして八つ当たりを始めた。だがルシアードはいつも通り嬉しそうだ。

「伯父上！　あの二人は酷いでしゅよ！」

ロインの顔を見ず、ルシアードを見ながら猛抗議を再開するアレクシア。

ロインは申し訳なさそうに口を開く。

「確かにクセは多少ありますが……」

「多少でしゅと!?」

アレクシアは我慢が出来ずに、よちよちとロインの元へ行くと思いっきりパンチをする。ロインは何も言い返さなかったが、ゼストが声を上げる。

「いい運動だ！　だが、お前のそのぽっこりお腹は少し運動した方が良いぞ！」

「じじい、乙女《おとめ》に向かって失礼でしゅよ！」

「そうだぞ、アレクシアはぽっこりお腹でも可愛いから気にするな」

ルシアードはまたもどこか的外《まとはず》れな擁護《ようご》をする。

「ぽっこりぽっこりうるさいでしゅよ！　もうこうなったら筋肉ムキムキになってやりましゅ！」

そう言うとアレクシアはその場で寝そべり、腹筋を始めた。

そんな彼女を嬉々として指導しようとするユージン伯爵と、今の光景を歌にして優雅に歌っているエルマに、ロインは頭を抱える。

「クセがありすぎましゅよ！　伯父上、どうしてくれるんでしゅか！」

アレクシアはぷんすか怒りつつも腹筋を続けたが、ロインによって阻止《そし》される。

そしてその瞬間を狙っていたかのように、エルマが口を開いた。

「皇女様！　私の作品を見てくれたら納得して頂けますよ！」

そう言ってエルマが指を鳴らすと扉が開き、エルマの弟子の男性と女性が慎重に絵を運んできた。

アレクシアはどこで待機していたんだとげんなりする。

その絵には赤と黒の渦巻《うずま》きが描かれていた。

「何でしゅかこの絵？　蛇《へび》でしゅか？」

アレクシアが何気なく言った言葉で、エルマ氏の顔色が変わる。

「……てんだ」

「何でしゅかー？」

「どこを見てそげなこと言っててんだ！　どこをどう見たら蛇になんだっぺよ！　オラの絵を馬鹿に

してんのけ⁉」

エルマは突如《とつじょ》として訛《なま》った口調で猛烈《もうれつ》に怒り始めた。

エルマの突然の豹変《ひょうへん》に、その場が静まり返る。

「皇女！　オラはがっかりだべさ！　見込みがあると思っていだんだべが、とんだ見込み違いだっぺ！」

怒り心頭のエルマにアレクシアも言い返す。

「蛇にしか見えないっぺよ！」

「皇女、訛《なま》りがうつっていますよ」

エルマと睨み合うアレクシアの耳にはロインの言葉は入っていない。

「蛇じゃねえっ！　これは皇女をイメージして描いたんだべさ！　何故わがんねぇんだ！」

「わかんないっぺ！　シアは蛇じゃないでしゅよ！」

二人のやり取りを聞いて、ニーナ令嬢とダージェス侯爵は肩を震《ふる》わせている。

ユージン伯爵は自分の筋肉に見惚《みと》れていて、ルシアードとゼストは訛《なま》っているアレクシアを微笑ましく見つめていた。

「皇女はもっと芸術を勉強しねぇとダメだっぺな！」

「シアはこの絵をシアと認めねぇっぺ！」

「はいはい、もうやめなさい。エルマ氏、この方は皇女ですよ。慎《つつし》みなさい」

ロインに睨まれて我に返るエルマ。

「はっ！　私としたことが……申し訳ありません、アレクシア皇女よ！」

また演技じみた話し方になったエルマは、指を鳴らすと次の絵を見せる。

そこには先程の絵と同じ、赤と黒の渦巻きが並んでいた。

「……えと、シアでしゅよね？」

恐る恐るエルマに聞くアレクシアだが、横にいる男女の弟子が頭を抱えてしまう。

「……んん！　違いますよ、皇女」

「でもこれさっきの絵と一緒でしゅよね？」

アレクシアがそう言うと弟子達が顔面蒼白《そうはく》になっていく。エルマは我慢しているのか、ぶるぶると震え始めた。

「……ルシアード皇帝陛下はお分かりになる思います。皇女様に教えてあげてください」

「アレクシアが言っただろう。俺も蛇にしか見えない」

ルシアードの答えにうんうんと頷くアレクシアと他の家庭教師候補達。

「何ですとー！　陛下ともあろう方が蛇ですと！　おったまげだ！」

「おったまげ？　何でしゅかそれ」

「俺にも分からん」

首を傾げるアレクシアとルシアード。

「驚いたということです」

ロインが頭を抱えながらそう答える。

「この絵が何か分かる人いましゅか？」

アレクシアはそう問いかけるが、エルマの怒りに巻き込まれたくないのか、皆黙っている。

そんな中で、一人の空気の読めない人物が声を上げた。

「これは綺麗な筋肉ですな！」

そう、筋肉大好きユージン伯爵だ。

「筋肉～？　ふざけでんのが！　おめぇは黙ってろ！　これはどう見てもルシアード皇帝陛下だっぺよ！」

「父上、そう見えっぺか？」

アレクシアはまたも訛《なま》った口調でルシアードに問いかける。

「む。どう見ても蛇だ……っぺ」

「皇女また訛《なま》りがうつっていますよ。陛下は空気を読まなくて良いです。エルマ氏、いい加減にしなさい。絵の見方は人それぞれです。押し付けるのはいかがなものでしょうか」

ロインがエルマを諭《さと》すが、興奮状態のエルマは次の絵を自ら持ってきてアレクシアに見せる。

その絵はまた赤と黒の渦巻きが描かれていた。

「ああ～！　助けてくだしゃい！」

アレクシアが頭を抱える横で、ゼストが目を見開いた。

「この絵はアレクシアとルシアードだろ？　何で俺がいないんだ？　今すぐその横に描け！」

皆が信じられない目でゼストを見た。

「エクセレント！　貴方《あなた》には才能がありますよ！」

興奮してゼストに詰め寄るエルマ。そんな光景を見てアレクシアが呟いた。

「おったまげたっぺよ……」

†

そしてアレクシアは家庭教師候補達と別れてルシアードとゼストとともに執務室に向かい、そこで国の最高権力者達を仁王《におう》立ちになり睨みつけていた。

先程まで家庭教師候補達と色々話をしたが、アレクシアはユージン伯爵とエルマ氏の強烈キャラぶりに心身ともに疲れ果ててしまった。

「シアは疲れまちたよ！」

「皇女、すみません。面接した時は普通でしたので……私の人選ミスです」

ロインはぐったりしているアレクシアに素直に謝罪した。

「伯父上、あの二人は本当に優秀なんでしゅか？　シアは疑問でしゅ！」

アレクシアの言うことに横で頷くルシアードとゼスト。

「ええ、ユージン伯爵はただの筋肉馬鹿ではありません。彼は奴隷《どれい》制度や差別、迫害《はくがい》を受けている者達のことや世界の闇を調べていて、そのように虐《しいた》げられている者を助けるために尽力しています」

「あの筋肉馬鹿が……？」

アレクシアはさすがに驚いてしまう。

「そうです。普段はあんな感じかもしれませんが、数々の修羅場を乗り越えてきた方です。彼の屋敷には、奴隷の身から保護された者や戦争孤児達が、身分など関係なく働いています」

「……そうでしゅか、シアはただの筋肉馬鹿として見ていまちた。ちょっと反省でしゅね」

「皇女には世界の歴史を正直にお伝えしても大丈夫と判断して、私は彼を選びました」

「世界の歴史でしゅか、色々ありそうでしゅね……」

アウラード大帝国では強く禁止されているが、他国では奴隷や民族差別などが根強く残っているのだ。

「アレクシア、ユージン伯爵は良いとしても、あいつは駄目だぞ」

ルシアードが警戒する人物は、画家家兼音楽家のエルマだ。

「シアはあの人苦手だっぺよ」

「……皇女」

「はっ！　ついつい出ちゃいましゅ！」

「彼の絵は世界的に有名で高値で落札される……」

「何でしゅと!?　お金になるんでしゅか!?」

ロインは自分の口が滑ったことに気付いて頭を抱える。アレクシアはお金や宝石の類《たぐい》に目がないのだ。

「父上！　あの蛇の絵はどうしまちたか！」

「む。あれはお前があいつに持って帰れと押し返していたぞ？」

「そういえば！　ああ！　シアは馬鹿ちんでしゅ！」

崩れ落ちそうになるアレクシアをルシアードはそっと支える。

「あいつの絵か？　俺、一枚貰《もら》ったぞ？」

そう言うゼストに皆の視線が集中する。

「じじい！　本当でしゅか!?」

「ああ。あいつが帰る時に押し付けられたんだよ」

アレクシアはキラキラした目でゼストを見つめるが、それが面白くないルシアードが間に割り込んで妨害《ぼうがい》した。

その様子を呆れたように見つつ、ロインは話を進める。

「皇女、彼も苦労人で、信じられないと思いますが、優秀な人物なんですよ。彼は田舎《いなか》の孤児院育ちですが、持ち前の容姿と社交性を生かして必死にのし上がってきたそうです。本来は見事な肖像《しょうぞう》画《が》や風景画を描いていますが、本当に描きたかったのはあの独特の絵なのでしょう」

「……シアは普通に肖像画や風景画を教わりましゅ」

「む。あいつで良いのか？」

「後悔しそうでしゅが……良いっぺ」

「陛下、皇女のその訛《なま》りもどきをやめさせてください」

もうすでに癖《くせ》になりつつあるアレクシアの訛《なま》りを警戒するロイン。

「む。何故だ？　こんなに可愛いのに」

「そうだぞ！」

本気で抗議してくるルシアードとゼストに再び呆れてしまうロインだが、アレクシアがあの二人を何とか受け入れたことに安心する。

「皇女、家庭教師のスケジュールですが、週に二日、二時間はエルマ氏の授業があります」

「えぇーー！　年に二回で良いでしゅよ！」

「年二回って……礼儀作法は週に四回、魔術は週に三回、歴史は週に二回となっております」

「そんな！　シアの自由が……断固抗議しましゅ！」

強い口調で言うアレクシアだが、ロインの返答は無情なものだった。

「却下します」

「ぐぬぬ……父上！　シアは立派な皇女になるくらいなら自由を選びましゅ！　今まで……お世話

には……なってないでしゅね！　シアは一人で生きていきましゅから、安心してくだしゃいな！」

そしてアレクシアが指笛《ゆびぶえ》を吹くと、ドアをカリカリする音が聞こえた。

近くにいたゼストがドアを開けると、子犬従魔達がアレクシアの元に尻尾《しっぽ》を振りながらやって来た。

「む。アレクシア、どこに行くんだ？」

「放浪しましゅ！」

アレクシアの決意表明にショックを受けたルシアードは、アレクシアの手を取り跪《ひざまず》く。

「駄目だ。お前は俺の大事な娘だ、お前を蔑《ないがし》ろにしていた自分に後悔している。まさか自分が後悔をするなんて思っていなかったがな……アレクシア、俺はお前を幸せにする。だからどこにも行かないでくれ」

「何かプロポーズみたいでしゅね……」

懇願《こんがん》するルシアードにアレクシアは苦笑いを浮かべる。

「俺だって、お前を今度こそ幸せにする！　だから俺の側にいてくれ！」

ゼストも跪《ひざまず》いてアレクシアを必死に説得する。

そんな最強すぎるの男達のあり得ない光景を見たロインは、今後の二人の心理状態を心配して、アレクシアのスケジュールを少しだけ減らすことにしたのだった。

それから授業が始まる二週間後まで、思う存分に狩りをしたり色々な事件を解決したりと大忙しだったアレクシア。

†

そして授業当日になった。

今日はあのエルマ氏の授業だ。

憂鬱《ゆううつ》になりながらも授業を行う部屋に移動中のアレクシアに、ゼストと魔国の貴族である魔公《まこう》爵《しゃく》ランゴンザレスが何故か一緒についてくる。ランゴザレスもまたアレクシアの前世からの友人で、アレクシアの希望によって皇宮で一時的に暮らしている。

なお当たり前のようにアレクシアについていこうとしたルシアードは仕事のため、笑顔のロインに強制的に連行された。

ランゴンザレスがいつもの口調でアレクシアに話しかける。

「あんたが勉強とはね〜」

「シアもびっくりだっぺよ」

「……さっきから何なのその喋《しゃべ》り方？」

「気にすんな」

「気になるわよ！」

ゼストが気にしないようにランゴンザレスに言い聞かせるが、ランゴンザレスは納得せずに言い返す。

アレクシアはしょうがないといった感じで説明を始めた。

「今日の先生が田舎出身で、興奮するとこんな話し方になるんでしゅよ」

「その先生って芸術家のエルマでしょう～？」

「ランしゃん、知ってるんでしゅか？」

「有名ですもの～！　私の屋敷にも彼の絵が飾ってあるわよ！」


エルマの絵の話で盛り上がりながら部屋に到着して中に入っていくと、エルマ以外にシェインとジェニファー、そしてドミニクが座っていた。

「あれ？　どうしたんでしゅか？」

アレクシアが聞くと、シェインとジェニファーとドミニクは口々に答える。

「あの有名なエルマ氏に会えると聞いてね、参加させてもらおうと思って来たんだよ」

「私はアレクシアと勉強したくて来たの！」

「俺は……来た！」

アレクシアはゼストに椅子に座らせてもらい、四人が仲良く並んで座った。

「これはこれは皇太子殿下《でんか》に皇女殿下！　ようこそ、我が芸術の館《やかた》へ！」

「「館？」」

首を傾げる三人にアレクシアが淡々と告げる。

「気にしない方が良いでしゅよ？　身が持ちましぇん！」

「今日はまず私の描いた作品を見て、感想を聞かせてください！」

エルマはそう言うと指を鳴らす。

するとこの前見た弟子の男女が現れた。アレクシアは嫌な予感がしてゼストを見ると、ゼストも苦笑いしている。

「まずはこの自信作！　シェイン皇太子、感想を頂きたいですな！」

弟子達が出してきたのは、あの赤と黒が渦巻いている因縁《いんねん》の絵だった。それを初めて見たシェイン達は衝撃を受ける。

「え……あの、以前の作風と違うんですが……変えたんですか？」

シェインがエルマに尋《たず》ねた。

「私が描きたかったのはこれなのですよ！　新たなる道に足を踏み入れた私の作風を殿下達に是非見てもらいたくてですね……！」

「意味不明～」

そう言うアレクシアを天敵のように見つめるエルマ。

「アレクシア皇女は芸術を解《わか》っていない！　実に残念です！」

「何でしゅとー！　芸術は自由でしゅよ！　シアが蛇だと思うのも自由でしょうがーー！」

「どこが蛇なんだ！　おめえの目は節穴《ふしあな》か？」

いきなり訛《なま》り始めたエルマを見て唖然《あぜん》とする姉兄達と、爆笑しているランゴンザレス。

「ちなみにこれシアらしいでしゅよ！」

「「「はぁ？」」」

揃って首を傾げた三人に、エルマは詰め寄る。

「驚くな！　どう見てもアレクシア皇女だべさ！」

「驚くっぺ！　いいから普通の風景画を教えてケロケロ！」

もはや訛《なま》りと呼んでよいか分からなくなった口調で、アレクシアが言い返す。

「おい、やめろ。お前も大人しく風景画を教えろ！」

そこに割って止めに入ったゼストが、アレクシアとエルマに言い聞かせる。

そこへ様子を見に、ルシアードとロイン、それにローランドが中に入ってきたが、二人は気付かない。

「じゃあ芸術を理解しないアレクシア皇女には風景画を教えっぺ」

「何でしゅかその言い方は！　こっちは皇女だっぺよ！　この馬鹿ちんが！」

「おい、おちびの話し方は一体何なんだ？」

ローランドはアレクシアの話し方が気になりルシアードに尋ねる。

「む。可愛いだろ」

だが、ルシアードは微笑ましく愛娘《まなむすめ》を見つめるだけだった。

アレクシアは頬を大きく膨らませて、椅子から下りると画材を持ち、よちよちと歩き出した。

「シアは一人寂しく庭で風景画を描いてくるっぺ」

「ああ、アレクシア！　私も行くわ！　こんなヘンテコな絵描く気になれないわよ！」

「俺も行くぞ！」

ジェニファーとドミニクも自分の画材を持ち、アレクシアの後を追っていった。

「エルマ氏、我々は皇族ですよ？　お忘れなく」

シェインは唖然とするエルマに向かい恐ろしい程の笑顔でそう言うと、画材を持って最後に出ていった。

ロインはエルマがルシアードに殺される前に、急いで引き摺《ず》って部屋から追い出して、長い地獄の説教を始めたのだった。

†

エルマがロインに引き摺られたまま戻ってこないので、四人姉弟は仲良く横に並んで座り、課題の風景画を描いていた。

ルシアード達が、中庭でちょこんと座り黙々と絵を描いていたアレクシアの絵を覗《のぞ》く。

そこには頭部が光った庭師のお爺さんの絵が描かれており、皆は大爆笑した。

「あんた……それは風景画じゃないわよ」

ランゴンザレスがそう言うので、シェイン、ジェニファー、ドミニクもアレクシアの絵を覗き込む。

「そうね……それは人物画じゃない？　ぷっ」

「アレクシア、君は本当に面白いね……」

「ブハッ！」

三人とも笑いを抑えられないようだったが、アレクシアはそんな大騒ぎな皆を無視して黙々と描いている。

ちょっと先に庭師のお爺さんがいて仕事をしているが、ここにいる皇族達には気付いていない。

「静かにしてくだしゃいな！　爺に気付かれる！」

アレクシアはそう言いながら慎重にお爺さんの頭の光り具合を調整していた。

「後で爺にあげるんでしゅよ」

「む。何で庭師にあげるんだ、俺にくれ」

アレクシアが初めて描いた絵を貰えないことが面白くないルシアードは、その絵を欲しがる。

「あたしも欲しいわ～！」

手を挙げて猛アピールするランゴンザレス。

「俺も描いてほしいぞ！」

ゼストに至っては自分を描いてほしいと言い出した。

そんな大人達を呆れて見ていたアレクシアは、実は庭師のお爺さんはアレクシアを皇女と知らずに面倒を見てくれていたことを話した。

彼は母親に育児放棄されていた頃に庭で食べれる葉っぱを探していたアレクシアを見つけて、自分のお昼ご飯やお菓子を与えてくれていたのだ。

それを知って何も言えなくなる一同。

ルシアードは何を思ったのか庭師の爺さんに近寄っていく。

作業していた爺さんが大きな影に気付いて振り返ると、そこにこの国の最高権力者が立っていた。

「はあああ……皇帝陛下！」

急いで平伏《ひれふ》そうとするお爺さんを止めて、いきなり頭を下げるルシアード。それを見て、驚いて開いた口が塞《ふさ》がらない一同とお爺さん。

「お前がいなかったらアレクシアは死んでいたかもしれない。父親として礼を言う。ありがとう」

ルシアードのこの言葉にはさすがのアレクシアも驚いている。

ルシアード皇帝陛下に頭を下げられた歴史上初めての平民になった庭師の爺さんは驚きすぎて腰を抜かしてしまった。

「父上、そんなに怖い顔で近付いたら誰でも腰を抜かしましゅよ！」

「む。だが、父親として礼をだな……」

「ん？　シアじゃねえか！」

「オホホ、ご機嫌よう。庭師のお方」

庭師のお爺さんに気付かれ、いきなりお上品になるアレクシア。

お爺さんは途端に怒った表情になり、アレクシアを問いただす。

「お前、この前、庭から芋《いも》を盗んだろ⁉」

「……知りましぇん」

「目が泳いでるぞ？　俺が大事に育ててた芋が三本消えてるんだ！　焼いて食ったな？」

「……知りましぇん」

皆が庭師の爺さんとアレクシアのやり取りを黙って聞いている。

「結局、アレクシアだな」

「そうね～！」

笑うシエインに、頷くジェニファー。

だが、ルシアードは面白くなさそうに二人のやり取りを見ている。

「……バターを載せるとさらに美味《うま》いんだぞ？」

「そうなんでしゅか！　でもそのままでも美味《おいし》しかった……はっ！」

「やっぱりお前か！　あれは皇宮用の高級な芋なんだよ！　見つかったら……はっ！」

庭師の爺さんは目の前にその皇宮のトップがいることを思い出して、恐る恐る視線を向ける。

ルシアードは不機嫌になっており、アレクシアを見ながら近付いていく。

「皇帝陛下！　申し訳ございません！　この子は悪くないんです！　罰するなら私を罰してくださいませ！」

だが、ルシアードはアレクシアを怒るどころか愛おしそうに抱きしめていた。

「アレクシアは芋が好きなのか？」

「好きでしゅ！　今度はバター焼きに挑戦しましゅよ！　父上にも食べさせてあげましゅね！」

「くっ……可愛い！　ありがとうな。俺もお前に何か作って……」

「お腹壊しそうなのでいいでしゅ」

ルシアードは愛娘に冷たくあしらわれても嬉しそうだった。

「……シア、お前何者なんだ？」

驚く爺さんにアレクシアが話そうと口を開いた時、ランゴンザレスとゼストが何かに気付いて庭の奥を見た。

「ローランド、子供達とこのお爺さんを避難《ひなん》させて頂戴《ちょうだい》」

「ああ？」

「早くしろ！」

ランゴンザレスの鬼気《きき》迫る雰囲気に、訳も分からず子供達と爺さんを避難誘導するローランド。

ゼストは庭の奥を睨みつけている。

すると庭の奥が黒く歪《ゆが》み出した。

それと同時に禍々《まがまが》しい魔力が流れてきて、庭の花が一瞬で枯れてしまう。

「何なんだ？」

「父上、少し離れていてくだしゃい」

すると歪んだ場所が裂けて、そこから人影が現れた。

群青《ぐんじょう》色の髪を無造作に流して、瞳は綺麗な紫色をしている精悍《せいかん》な美丈夫《びじょうぶ》がアレクシアの方に向かってゆっくりと歩いてくる。気品溢《あふ》れる王族らしい格好で、誰もが振り返る程の美貌《びぼう》だ。

そしてランゴンザレスはこの青年の前に跪《ひざまず》くとこう言った。

「魔国王陛下」

3　こんにちは、お久しぶりですかね？

魔国王陛下と呼ばれた青年はランゴンザレスの横を通りすぎて辺りを見回し、そこにゼストを見つけて驚く。

青年はゼストの視線の先にいるアレクシアを見つけ、近付いていく。禍々しい魔力を放つ青年を警戒するルシアード。

その警戒をよそに、アレクシアは胸を張って口を開いた。

「久しぶりでしゅね、デズモンド」

デズモンドと呼ばれた青年は、恐る恐る聞く。

「お前は……アリアナなのか？」

「今はシアでしゅ。ピチピチの三歳でしゅよ」

アレクシアの返答に顔をしかめるデズモンドと、苦笑いのランゴンザレス。

「アレクシア、こいつは誰だ？　まさか恋人……」

「馬鹿ちんでしゅか！」

アレクシアとデズモンドのただならぬ雰囲気に、危機感を覚えたルシアードが余計なことを言い、アレクシアにデコピンされる。

そして、デズモンドも全く同じことを聞くのだった。

「おい、その男は誰だ？　まさか新しい恋人……」

「馬鹿ちんばかりでしゅか！　シアの父上でしゅよ！　父上、嬉しそうに笑わないでくだしゃいな！」

三人のやり取りを見ていたランゴンザレスは苦笑いしながら口を開いた。

「デズモンド陛下、この方はここアウラード大帝国の皇帝よ」

「皇帝？　じゃあお前は皇女？　……本当に皇女なのか？」

デズモンドはランゴンザレスの言葉が信じられず、二度も聞く。

「聞き直さないでくだしゃいな！　シアは皇女でしゅよ！　悪いでしゅか！」

どこか親密さを感じさせるやり取りを聞いて不審に思ったルシアードが尋ねる。

「む。お前達の関係は何なんだ？」

「恋人だ」

ハッキリと言うデズモンドの言葉にショックを受け、胸を押さえながら崩れ落ちるルシアード。

先程まで笑顔だったゼストも固まってしまう。

「違いましゅよ！　デズモンド、あんた奥さんいましゅよね!?」

「そうだぞ！　アリアナは何も言ってなかったぞ！」

アレクシアとゼストは、崩れ落ちたまま放心状態のルシアードを無視して猛抗議する。

「あれとは政略結婚で愛情などない。それにお前に求婚した時、お前は嬉しそうに頷いただろう？」

「おい、どういうことだ？」

アレクシアが急に気まずそうな顔をしたので、何かを感じたゼストが聞いてくる。

ランゴンザレスは事情を知っており笑っている。

「……宝物庫の鍵のことで頭がいっぱいで……あれは求婚だったんでしゅか！」

「お前は宝石や金貨が好きだろ？」

「う～……昔の私はなんて強欲《ごうよく》だったんでしゅか！」

「いや、今もだろ！」

的確なゼストのツッコミに、ランゴンザレスは頷いた。

「……父上！　いつまでそうしてるんでしゅか！　シアのピンチでしゅよ！」

「……む。アレクシアは誰にも渡さんぞ」

アレクシアに叩かれて復活したルシアードが、デズモンドを警戒する。

「そうでしゅよ！　シアはまだ三歳の幼女でしゅ！　色気より食い気！」

「今すぐとは言わない、気長に待つ。もう後悔はしたくないんだ。お前がまた旅に出ると言った時に止めていれば……」

そう言って黙ってしまったデズモンドの気持ちを、ゼストとランゴンザレスは痛い程に理解していた。

アリアナが死んだ時の彼らの喪失感は凄《すさ》まじく、何も手につかない日々が続いたからだ。

「嫌でしゅよ！　シアは冒険者になって世界中を旅するんでしゅ！　誰かの妻にはなりましぇんよ！」

そう宣言したアレクシアと、それを聞いてガッツポーズするルシアードとゼスト。

「では、俺もその冒険についていく」

「あんたは魔国王でしゅ！　何を言ってるんだっぺ！」

「ぺ？　なんだその話し方は」

「……とにかく、シアは結婚しましぇんよ！　宝物庫の鍵も……返す」

「返さなくていい。あれはお前にあげたんだ」

「え……うふふ、しょうがないでしゅね〜。そこまで言うなら貰っておきましゅよ」

「デズモンド、本当にこいつが良いのか？」

頬を緩ませるアレクシアを呆れながら見ていたゼストが、デズモンドに問いかける。

「ああ、俺は絶対に諦めない。それにリリスとマクロスも喜ぶ」

「懐かしい、あの子達は元気なんでしゅか？」

リリスとマクロスはデズモンドの子で、双子の仲良し兄妹だ。

「ああ、手を焼いている。二人は悪戯《いたずら》ばかりして大変だ。この前は王妃の部屋に火を放っていた。まるでお前の悪戯のようで、どこか懐かしい」

「いやいや、シアはそこまでしてないでしゅよ！　あの魔王妃を氷で閉じ込めたことはありましゅけど……」

ルシアードはそう言うアレクシアを抱っこして、デズモンドを睨みつけている。

デズモンドもルシアードを憎々《にくにく》しく見ている。

「あーーー！　そうだ！　このお花ちゃんと直してくだしゃいな！　爺が一生懸命育てた花なんでしゅよ！」

アレクシアに猛抗議されたデズモンドは素直に魔法で花を元に戻し始める。

「取り敢えず、今日は国に帰ってくだしゃいな！　シアは今勉強しているんでしゅよ！」

「む。そうだぞ。それにアレクシアはずっと俺と暮らすんだからな」

「父上、ずっとは暮らしましぇんよ」

アレクシアにことごとく断られたデズモンドとルシアードはさすがに落ち込んでしまう。

このままだと面倒なのでアレクシアが声をかけようとした時、また庭の奥に黒い亀裂《きれつ》が現れて、そこから二人の男女の姿が出てきた。

デズモンドに似た群青色の髪に紫の瞳が印象的な十代前半くらいの美少年と美少女が、王族らしい気品ある佇《たたず》まいで優雅に歩いてくる。

そう、この二人こそリリスとマクロスだ。

「父上！　我々を置いて行くなんて酷いわ！　アリアナはどこにいるの？」

「リリス、落ち着いて。多分《たぶん》魔力からしてあの幼子《おさなご》じゃないか？」

リリスとマクロスはルシアードに抱っこされるアレクシアを見つめる。

「貴女が……アリアナなの？」

「そうでしゅよ、でも今はシア……」

「うわーん！　アリアナー！」

急に子供のように泣き出したリリスが、ルシアードからアレクシアを奪い抱きしめる。

マクロスも目に涙を浮かべてアレクシアに走り寄り、手を握ってくる。

「アリアナなんだね……僕やリリスがどんなに会いたかったか分かるかい？」

「……二人とも、大きくなりまちたね」

「すん……すん……アリアナは……小さいわね……すん」

「三歳でしゅからね。ピチピチでしゅよ！」

「うん。間違いなくアリアナですね、父上」

「ああ、今求婚していたんだ。お前達も賛成だろう？」

「「当たり前です！」」

言いたい放題の魔国王族達に恐ろしい程の魔力を放ち、怒りを露《あら》わにするルシアード。

アレクシアが宥《なだ》めようとした時、ロインが急いで駆けつけてきた。

「どうしたんですか？」

ロインは近くにいたゼストに事情を聞くと、驚いてデズモンド達を凝視《ぎょうし》する。

「はぁ……竜神《りゅうじん》の次は魔国国王ですか、ううっ胃が……」

ロインは胃の辺りを押さえながら呟く。

「父上、魔力を抑えなしゃいな！　デズモンド達もここに座りんしゃい！」

アレクシアはデズモンド達を地面に正座させて説教を始めた。

その光景に驚くロインだが、ランゴンザレスは懐かしく感じていた。

「デズモンド、リリス、マクロス！　あんた達は魔国の何でしゅか？」

「国王だ」

「王太子です」

「王女よ」

「国のトップがこんな所に全員揃《そろ》っていたら国が危ないでしゅよ！　あの王妃が何するか分からないでしゅ！　ランしゃんもこちらにいるから余計ピンチでしゅよ！」

「大丈夫だ、アレクシア。あの女と一族はお前が死んでから徐々に衰退していって、ここ数十年は姿を見ていない。屋敷に閉じ籠《こも》っているようだ。それに今の魔国は嫌という程平和なんだ」

デズモンドの発言に驚くアレクシアだが、リリスやマクロスも頷いているので、真実のようだと感じる。

それから何かを考え込んでいたアレクシアは意を決してルシアードの元へ歩いていくと、衝撃的なことを言い始めた。

「父上、シアは魔国に行ってきましゅ！」

「何を言っているんだ、駄目に決まっているだろう！」

「父上！　シアはアーウィング魔公爵家に乗り込まないといけましぇん！」

「む。アーウィング魔公爵家？」

アレクシアがポケットから笛を取り出して思いっきり吹くと、きゃんきゃんと五匹のおちび達がどこからともなくやって来た。

「ぶっ……犬笛って」

犬笛を見て笑うゼストだが、五匹の子犬従魔達はデズモンド達を見て驚いている。特にみたらしときなことあんこは、尻尾を振り喜んでデズモンド達に駆け寄っていく。

「お前達……復活したのか」

『『はいでしゅ！　お久しぶりでしゅ、魔国王しゃま！』』

「そうか……この年は本当に素晴らしい年になった」

三匹と戯《たわむ》れて再会を喜んでいるデズモンド達をよそに、アレクシアはルシアード、ゼスト、それにロインと話し合いを続ける。

「おい、アーウィング魔公爵家って魔国王妃の実家だろ？」

ゼストが昔の記憶を辿《たど》る。

「そうでしゅよ。だから乗り込むんでしゅよ！」

意気揚々と言った感じのアレクシアに、ロインが尋ねる。

「意味が分かりません。何故乗り込むんですか？」

「シアが行かないと駄目なんでしゅよ！　何を言われても行きましゅからね！」

「分かった。だが、俺も行くぞ。何を言われても俺はお前が大事なんだ。それをお前に分かってもらえなくても良い。俺の我《わ》が儘《まま》で良いんだ」

「父上……」

いつも以上に真剣なルシアードの言葉に、黙ってしまうアレクシア。

ゼストも真剣な表情で口を開く。

「俺だって同じだ。お前が大事だ、もう離れたくないんだ」

「じじい……」

「はぁ……もう何を言っても駄目ですね。三日です、それ以上は仕事に影響がありますから無理ですからね」

そんな三人を見て、胃の辺りを押さえながらそう言うロインに、アレクシアは素直に頷き頭を下げる。

「伯父上、ありがとうございましゅ」

「いいえ、帰ったら私の作ったスケジュールで勉強に励んでもらえばそれで良いですよ？」

ロインはにっこりと笑いながらそう言うが、目は笑っていなかった。

「ヒイ！　出た、悪魔の微笑みでしゅ！」

「……あれは本当に人間か？」

「魔国に欲しい人材ですね」

「怖いわよ！」

悪魔のような笑みでアレクシアを追い詰めるロインの姿を見て、デズモンド、マクロス、リリスもそう呟くのであった。

「おい、ところであいつらは大丈夫だろうな？　俺達が魔国にいることを察知して、復讐《ふくしゅう》してきたりはしないか？」

アレクシアとデズモンド達を微笑ましく見ていたランゴンザレスに、ルシアードが話しかける。

「ああ、あのエリーゼと子供達ね？　うちで教育されていると思うから大丈夫よ！　うちのママとメイド、そして執事が再教育すれば誰でも更生するの！」

「お前は確か魔公爵だったたな」

「ええ、うちにはどうしようもない父親がいてねぇ〜。あいつの女癖の悪さや浪費癖《ろうひへき》に私とママがどんなに苦労したか……今は忙しい私に代わって、ママが代理で当主をしてくれているわ」

ランゴンザレスの苦労話を聞いて、ルシアードは自分の家族を思い出す。

彼の母親は皇妃という身分に酔《よ》い、権力にしか興味がない人間だった。父親であった皇帝も悪政を行い、母親が違う兄妹達も権力欲に囚われて道を誤った。

ある日、毒を盛られて死にかけていた幼いルシアード。だが、父親である皇帝も母親である皇妃ですら一度も顔を見せてくれなかった。

先帝であった祖父のおかげで回復したルシアードを見ても、皇妃は話しかけることもしなかった。

そんなことをふと思い出したルシアードは、アレクシアには今後そんな辛い思いをさせないと改めて心から思い、魔国で何が起きようと彼女を守り抜くと誓ったのだった。

†

魔国行きが決まった後、アレクシアは自室に戻り、五匹の従魔達と一緒に小さなリュックに旅のための荷物を詰めていた。

そんなアレクシアのことを、複数の女官達、ルシアード、ゼスト、ランゴンザレスに、デズモンドとリリス、マクロスが見守っていた。

「もう！　中庭で待っていてくだしゃいな！　乙女の部屋にずかずかと入ってきて何なんでしゅか！」

アレクシアの抗議を受け、椅子に座り、堂々と見守っているデズモンドが口を開いた。

「ふむ、豚小屋のような部屋だな」

「失礼ブヒ！　……はっ！」

「昔のお前からは考えられない質素な部屋だ、金に執着しなくなったのか？」

「先程から失礼極まりないでしゅね！　この悪魔！」

「悪魔ではない。俺は魔国国王だ」

そんなアレクシアとデズモンドのやり取りを、微笑ましく見ているランゴンザレスとリリスとマクロス。

「ああ〜この感じ懐かしいわね！」

「そうだね。父上にあそこまで言える者はアリアナだけだよね」

「フフ、あたしも嬉しいわ！」

「そこ！　微笑んでないで手伝いなしゃい！　それに今はアリアナじゃなくてアレクシアでしゅよ！」

ランゴンザレスと双子は、アレクシアに怒られるが、それも嬉しそうに受け入れて、嬉々として荷物を詰める作業を手伝い始める。

「デズモンド、そこにある服を取ってくだしゃい！」

「これか？　ふん、貧相な服だな」

「何てことを言うんでしゅかー！」

アレクシアはデズモンドの元へよちよち歩いていくと、デズモンドのその憎たらしい程に長い脚をこれでもかと蹴る。

（人生終わった）

女官達がぶるぶる震えて命の終わりを確信した時、デズモンドはそんなアレクシアを抱っこすると愛おしそうに抱きしめた。

「離しなしゃい！　お金をとりましゅよ！」

「いくらだ？　言い値を払おう」

「ぐぬぬ！」

「おい、何をしている」

そこへ、恐ろしい程の怒気を放つルシアードとゼストが現れた。そして、その光景を見て頭を抱えているロインがいた。

睨み合うルシアード達とデズモンド。

あまりの緊張感に倒れてしまった女官を見て、アレクシアは怒る。

「いい加減にしなしゃい！　この大馬鹿ちんどもが！　そこに正座しなしゃいな！」

アレクシアが史上最強の男達の間に入り、お説教を始めた。

ルシアードとゼスト、そしてデズモンドはアレクシアの可愛さに負けて素直に正座する。

「ただでさえ強面《こわもて》なのに、さらに凶悪な顔してたら迷惑でしゅ！　これ以上シアに迷惑かけるなら一人で行きましゅからね！」

「む。だが、アレクシアにベタベタしていた奴が悪い」

「そうだぞ！　俺達はお前を心配して怒ってるんだ」

「一人でって魔国国王の俺を置いて行くのか？　……プッ」

アレクシアの怒声に対し、ルシアード、ゼスト、デズモンドがそれぞれ言い訳を並べる。

「うるしゃーーい！　この馬鹿ちんトリオめ！」

アレクシアの言葉に笑いが止まらない双子とランゴンザレス。

「む。アレクシア、こいつと一緒にするな。アレクシアとこの先ずっと一緒にいるのは俺だ。俺は父親だからな」

ルシアードの言葉を聞いて対抗するゼスト。

「おい、それを言うなら俺も父親だから一緒にいる権利はあるぞ！」

「ふん、だが恋人の俺は結婚出来て生涯をともに過ごせるんだ」

デズモンドはそう言って他二人から顔を背《そむ》け、アレクシアを見つめる。

「シアは自立した幼女なので全部おとこわりしましゅ！」

「おとこわりじゃなくてお断りですよ、皇女」

ロインは呆れながらも訂正する。

「もう！　シアはこんな馬鹿ちんトリオ知りましぇん！　双子、ランしゃん行きましゅよ！」

シアは小さなリュックを背負うと双子と手を繋ぎ、よちよちと中庭に歩いていく。


庭の花が枯れているの見たアレクシアは、双子にすぐに直すように説教する。

すると、ルシアード達が後からやって来た。

「何でしゅか？　シアは許しましぇんよ！」

「む。アレクシア、すまなかった。俺達はあれから和解した」

「そうだぞ！　だから機嫌を直してくれ、な？」

ルシアードとゼストがアレクシアに許しを乞《こ》うが、アレクシアは疑いの目で三人を見る。

「デズモンドは反省してましゅか？」

「……ああ、そうだな」

「今の間《ま》は何でしゅか！」

ぷんすか怒るアレクシアを宥める双子とランゴンザレスをよそに、デズモンドは魔国へ移動するためにゲートを開こうとする。

「魔力を抑えなしゃい！　爺の育てた花が枯れちゃいましゅよ！」

「爺？　……そいつ誰だ？　まさかそいつのことが好き……」

「馬鹿ちんでしゅか！　爺は庭師のじじいでしゅよ！」

デズモンドのふざけた発言をアレクシアが遮って言った。

デズモンドはルシアードへ目線を移すと、ルシアードが頷く。

「アレクシアの言う通りだ」

「そうか、恋人などでなくて安心した。では行くぞ」

「シアは無視でしゅか！　……覚えておいてくだしゃいね！」

「ほら、落ち着きなさい～。飴玉あげるから、ね？」

荒れに荒れるアレクシアを見かねたランゴンザレスは、アレクシアの開いた口に飴玉を入れて落ち着かせる。

「……甘い。うわーーん！　お母しゃん！」

「あらあら～うふふ」

自分の脚にしがみついて離れないアレクシアの頭を、愛おしそうに撫でるランゴンザレス。

それを悔しそうに見ている最強トリオだが、今騒ぐと逆効果なので我慢している。

ルシアードがロインに告げる。

「では行ってくる。ロイン、後は任せたぞ」

「三日ですよ？　分かってますね？　もし期限を過ぎたら皇女コレクションを一つまた一つと処分させて頂きます」

「ん？　シアのコレクションって何でしゅか？　……怖い！　父上！　後で話し合いでしゅよ！」

「む。それは教えるわけにはいかないな」

アレクシアとルシアードは最後まで言い合いながら、デズモンドが開いたゲートに入っていったのだった。

†

ゲートから出てまず目についたのは、アウラード大帝国の皇宮と並ぶ程に広大な城だった。

全体的に漆黒《しっこく》で禍々しい城にルシアードは呆れているが、アレクシアはあまりの懐かしさに辺りを嬉しそうに見回していた。五匹の従魔達も、尻尾を振って楽しそうにしている。

そして城の入り口にズラリと並ぶ側近や従者達。そのうちの一人がこちらに向かって歩いてくると静かに跪《ひざまず》いた。

「デズモンド魔国王」

「今すぐ宴《うたげ》を開く準備を……」

「馬鹿ちんでしゅか！」

側近達の恭《うやうや》しい言葉に、アレクシアの元気な声が響く。

跪《ひざまず》いていた側近やその他の者達は、いきなりデズモンド魔国国王の言葉を遮った小さな幼女に驚き、視線を全集中させる。

「なんだあの幼子は！」

「正気か!?」

「殺されるぞ！」

「馬鹿ちんってなんだ？」

皆がざわざわと騒ぎ始めたが、そんなことはお構いなしに、デズモンドとアレクシアとルシアードは言い合いを始める。

「お前専用の部屋も用意する。安心しろ、あんな豚小屋のような部屋ではないからな」

「まだ言うかー！　失礼ブヒよ！　……はっ」

「む。豚小屋だと？　あの部屋はアレクシアの要望で用意した部屋だ」

「そうでしゅよ！　シアのお気に入りなんでしゅ！」

「豚小屋の十倍の広さで、宝石と金貨に溢れた部屋を用意するぞ」

「そうやって言えばシアがついていくと思ってましゅね？　ふっ……シアは大人になったんで

しゅよ」

「説得力がない風貌だぞ？」

デズモンドは呆れている。

「見た目は三歳なんだから仕方ないでしゅよ！」

「中身もだろ！」

「じじいは黙っていてくだしゃいな！　鱗《うろこ》を剥《は》ぎましゅよ！　そしてそれを商会に売ってお金にしましゅよ？」

「おい、随分と具体的だな」

側近や従者達は、アレクシアに〝じじい〟と呼ばれた人物を見て驚愕する。

「ゼスト様ではありませんか‼　お久しぶりでございます‼」

「ああ、本当にな」

ゼストの態度は冷たく、嫌味のように呟くだけだ。

そんなゼストの態度に、側近達は困惑する。

実はゼストはこの側近達に良い思いを抱いていない。かつてアリアナとともに魔国を訪れた際に、アリアナが人族というだけで冷たい態度を取っていた彼らに、少なからず思うところがあるのだ。

デズモンドは彼らを気にすることなくアレクシア達を城の中へ促そうとした。

しかしアレクシアは収納魔法を発動させ、様々な物がしまってある亜空間の中に手をつっこみ中を探る。そこから筒を取り出して、筒の下から出ている紐に、魔法を使って火をつけた。

するると、筒から白い煙がもくもくと立ち上る。

「狼煙《のろし》か？」

「父上、今から少し賑やかになりましゅよ」

「どういうことだ？」

「少し待っていれば分かりましゅよ！」

煙が上がって数分も経たないうちに、強い魔力が近付いてくる気配がして、ルシアードとデズモンドは警戒する。

側近や従者達は気配の正体を知って、急いで各所に兵士を配置させ、自分達も戦闘態勢をとった。

「なんだ、この気配は？」

訝しむルシアードに、アレクシアが答える。

「アーウィング魔公爵家が動き出したんでしゅよ。脳筋武闘派で口より先に手が出る超危ない一族でしゅ」

「どうしようもないな」

人のことが言えないであろうルシアードの呟きに、ランゴンザレスはつい吹き出してしまう。

そしてすぐに城の入り口から爆発音と兵士の悲鳴が聞こえてきた。

アレクシア達が急いで駆けつけると、数人の男女が立っていてこちらを睨みつけている。

男は黒い軍服を着ていて、女性達は動きやすい軽めのドレスだった。

デズモンドを前にしても跪《ひざまず》くことなく、こちらに向かって歩いてくる集団。

その先頭に立つ豊満な胸が印象的な、金色の瞳に綺麗な赤髪を靡《たなび》かせた美女は辺りを見回しアレクシアを見つけると、驚いた表情をしてその場に崩れ落ちた。

「これは、アリアナなの……？　何なのこのちんちくりんは!?」

「ちんちくりんでしゅと!?　このおっぱいお化けが！」

「おっぱいお化け……！　アリアナにいつも言われていた言葉だわ……アリアナの気配もするし、あんた一体何者なの！」

「落ち着け、ステラ……」

「うるさい！　あんたは黙ってて！」

デズモンドの言葉を遮り、ステラと呼ばれた美女がアレクシアに詰め寄る。

この女性こそデズモンドの妻であり、リリスとマクロスの母親、魔国王妃ステラだった。

そして、ステラの後ろから、同じ短い赤髪にブルーの瞳の壮年の男性と、茶髪を一本に纏《まと》めた金色の瞳をした穏やかそうな女性がやって来て口を開いた。

「おいおい！　こいつはアリアナじゃねーか!?」

「あらあら～可愛くなって！」

第二章　アクレシアと魔国の人々

1　謎の集団の正体

「……久しぶりでしゅね、お二人しゃん」

「あらあら〜可愛いこと！」

「このチビがあのアリアナなのか！」

屈強な壮年の男性と穏やかそうな美しい女性はアレクシアのあまりの可愛さにメロメロだが、ステラは驚いて立ち尽くしていた。

「相変わらず元気そうでしゅね〜。心配してたんでしゅよ！」

「フフ、まだまだ生きる楽しみが出来たわね、フリード」

穏やかそうな女性がそう言うと、壮年の男性が頷いた。

「ああ、まさかアリアナとまたこうして会えるとはな！」

和気あいあいと彼らと話をしているアレクシアの元へ、ルシアードが寄っていき抱きかかえる。

「アレクシア、彼らとは知り合いなのか？」

「昔、お世話になりっぱなしだったアーウィング魔公爵家の当主フリードと、その奥しゃんのアシュリーでしゅ、そこにいるステラの両親でしゅよ」

フリードと呼ばれた男性がアレクシアに尋ねる。

「こいつは誰だ？」

「今のシアの父上でしゅ。アウラード大帝国の皇帝でしゅよ、シアは第四皇女として転生しまちた！」

「……今の親は大事にしてくれているんだな」

「そうね、良かったわ」

ルシアードに大事そうに抱っこされている姿を見て涙ぐむ二人。

そんな光景を黙って見ていたステラがアレクシアの元にやって来た。

「お前……本当にアリアナなのか？」

「しつこいでしゅね！　……昔お前が白玉達を狩ろうとしたから氷漬けにしてやったことがありま……」

「アリアナだ！」

ステラはそう言うと下唇を噛んで黙る。少しして彼女の目に大粒の涙が浮かび始めた。

「お前が死んだと聞いて……大事な友を失ったと思って……うぅ……」

崩れ落ちて泣きじゃくるステラの背中を優しく擦《さす》るアレクシア。そんな光景を見て、貰い泣きするステラの両親であるフリードとアシュリー。

だが次の瞬間、泣いていたはずのステラが素早く剣を抜き、アレクシアに斬りかかろうとした。

ルシアードが急いで防御魔法を放とうとするが、当の本人であるアレクシアはステラの剣を軽くかわした。

「くそ！　もうちょっとだったのに！」

「この脳筋おっぱいお化けは少しも成長してないでしゅね！　馬鹿ちんが！」

アレクシアは殺されそうになったにもかかわらず得意げに軽口を叩く。

だが、そんな光景を黙って見ていないのがルシアードだ。恐ろしい程の魔力を内から放ちステラの前に立つ。

その魔力と殺意にいち早く気付いたフリードとアシュリーが止めに入ろうとするが、ルシアードは目にも見えぬ速さで剣を抜き、ステラの首を刎《は》ねようとする。

そこに、アレクシアの声が響く。

「父上！　おやめなしゃい！」

割って入ったアレクシアのおかげで死を免《まぬか》れたステラは唖然としていた。

今まで魔国で両親や魔王族を除いてステラに敵《かな》う者などいなかった。なのに今まさにこの人族に恐怖を覚えたのだ。

「む。この女はアレクシアを殺そうとしたんだぞ？　許せるわけがない」

「はぁ……そうでしゅよね。でもこれがこのおっぱいお化けの普通なんでしゅよ」

「すぐ殺しにかかるのがか？　理解出来ない」

「父上がそれを言いましゅか？」

ルシアードは、信じられないという顔をしているアレクシアを大事そうに抱っこすると、すぐさまステラから離す。

「母上がすみませんでした。でもこれが母上なんです。久々に会いましたが変わってないですね。強い者に挑まないといられないんですよ。僕も何回も殺されかけましたよ」

「私からも謝るわ。でも、母上がずっとこの調子なのは本当よ」

リリスとマクロスが頭を下げる。

「お前達！　久々だな！　強くなったか!?」

先程のことをもう忘れたのか目を輝かすステラだが、その手にはまた剣が握られていた。

今にも我が子に向かっていきそうなステラにフリードは拳骨《げんこつ》を落とした。

アシュリーは双子達を愛おしそうに抱きしめる。

「この馬鹿娘！　お前はこの子達の母親だろう！」

「私はこの子達が強くなったか確かめたかっただけよ！」

「アリアナちゃんが亡《な》くなったショックで立ち直れない貴女《あなた》を預かって療養させてたけど……もう

大丈夫そうね」

「おい、まさかこいつを城に戻すのか？」

アシュリーの発言に顔が引きつるデズモンド。

そう、ステラは魔国王妃であるが、その性格から魔国国王デズモンドよりも恐れられていた。

「こいつは公務でも暴れるし、貴族に斬りかかるし手に負えないぞ」

「そうねぇ～私も無理だわ！」

ランゴンザレスも反対の声を上げる。

「それに、俺はこいつを妻として迎え入れるつもりだ」

そう言ってデズモンドは、ルシアードに抱っこされているアレクシアをじっと見つめる。

「はぁ？　シアは嫌でしゅよ！」

「何故だ？」

「何故でしゅと⁉　シアは自由な冒険者になるのが夢なんでしゅよ！　結婚なんかしたら、自由がなくなりましゅからね！」

「む。そうだぞ！　俺が絶対に阻止するからな？」

「俺もそれに関しては断じて許さんぞ！」

デズモンドに猛抗議するアレクシアとルシアードそしてゼスト。だがデズモンドはそれでも涼しい顔をしている。

するとステラが聞き捨てならないとばかりに口を開く。

「ちょっとどういうことよ！　アリアナ、冒険者になるの？」

「そのつもりでしゅ。あと、今はアレクシアでしゅよ」

「なら私もついていくわ！　アリアナと冒険かぁ……楽しくなりそうね！」

「だからアレクシアだって言ってんでしゅよ！」

全く話を聞いていないステラにぷんすか怒るアレクシア。

「悪いな、アリ……アレクシア。こいつはもう何があってもお前についていくつもりだ」

「そうね、もう私達じゃあ止められないわ」

とても嬉しそうな娘を見て反対出来ないフリードとアシュリー魔公爵夫妻であった。

†

兵士達の迷惑になるので、一同は取り敢えず魔王宮の一室で今後の話をすることにした。

突然戻ってきた魔王妃や、竜族族長ゼストの来訪、そして魔国王デズモンドの前でも堂々としている幼子と男性に魔王宮内は騒然とし始める。

アレクシアはルシアードに抱っこされながら、懐かしい魔王宮内をキョロキョロと見回していた。

従魔達はルシアードの後ろを列になってつき従っている。

「昔と変わらないでしゅね～」

アレクシアの気の抜けた言葉に、デズモンドが反応する。

「お前の部屋もそのまま残っているぞ」

「……まさかあれもでしゅか……？」

「ああ、金貨も宝石もそのままだ」

デズモンドの言葉に思わずガッツポーズしてしまうアレクシア。ルシアードはそのやり取りが面白くないと感じて口を挟む。

「む。アレクシアは俺と帰るんだからな？」

「分かってましゅよ！」

一同が歩いていると、前から派手なドレスを着た美しい女性が女官達を引き連れて歩いてくるのが見えた。そして女性はデズモンドの前に行くと洗練された綺麗な礼をする。

「デズモンド魔国王陛下」

「……誰だ？」

デズモンドの冷たい言葉に一瞬だけ顔を引きつらせた女性と、女性の背後で冷や汗が止まらない女官達。

微妙な空気の中、派手な女性は、デズモンドの後ろから歩いてきたステラに気付くと顔色を変えた。

「陛下、私はミラノ魔侯爵家の長女セリーナと申します。この度、魔国王妃候補になりましたのでそのご挨拶に伺いました」

セリーナと名乗った女性はわざとステラに聞こえるようにそう挨拶するが、肝心のステラは全く興味がないのか気品のかけらもない大きな欠伸《あくび》をする。

「俺は何も聞いてないぞ、ランゴンザレス、聞いているか？」

「聞いてませんわ、魔国王妃はこの通りピンピンしていますからねぇ〜」

ランゴンザレスはそう言って、ステラを見て苦笑いする。

「陛下、魔貴族の間では表舞台に出ない魔王妃に疑問を持つ者が多いのです。ですから新しい魔国王妃を……」

「おい、黙れ」

デズモンドの怒りを含んだ一言で周りが一瞬で凍りつく。

「魔国王である俺を無視して勝手に話を進めたその魔貴族達は一体誰と誰だ？　お前の父親であるミラノ魔侯爵が仕組んだのか？」

「あ……あの……」

デズモンドの迫力に、セリーナ令嬢は何も言えなくなってしまう。

その間もステラは無関心でアレクシアのぷにぷに頬っぺたをツンツンして愛《め》でている。アレクシアはその手を払いのけるのに必死だ。

「確かに、俺はステラと離縁するつもりだ」

「で、でしたら！」

「だが、俺が妻に迎えるのはお前でも他の女でもない。そこにいるアレクシア・フォン・アウラードだ」

デズモンドはアレクシアを指差して宣言する。

セリーナ令嬢と女官達の視線が、ステラに鉄拳を食らわしているアレクシアに集中する。

「陛下……あの子は何者なのですか？　それに、まだ幼いではありませんか！」

「アレクシアはアウラード大帝国の第四皇女だ」

「アウラード大帝国……人族じゃないですか⁉」

デズモンドとセリーナは、アレクシアを無視して言い合いを始める。

そこに、ルシアードとゼストが横槍を入れる。

「む。いつからお前がアレクシアの婚約者になったんだ。俺は絶対に認めないからな」

「そうだぞ、馬鹿を言うな！　俺だって許さないからな！」

ステラもアレクシアを突くのをやめ、セリーナに向かって言い放つ。

「私だって認めないよ！　離縁は大歓迎だけど、アリアナは私と冒険者になるんだからね！」

「だから今はアレクシアだって何回も言ってんでしゅよ！」

デズモンドに猛抗議するルシアードとゼスト、そしてステラ。

フリードとアシュリー魔公爵夫妻は気配を消して様子を窺《うかが》っている。

セリーナは埒《らち》が明かないと感じ、ルシアードに抱えられているアレクシアに近付く。

「貴女、おいくつなのかしら？」

「シアは三歳でしゅよ」

「三歳って……！　それに人族なのよね？」

「はいでしゅ」

アレクシアの素直な返事を聞いて、卑《いや》しくほくそ笑むセリーナ。

「人族は寿命が短いですわね。成長して王妃になっても、生きられるのは五十年くらいかしらね、なら私は待って……」

セリーナ令嬢がそう言いかけた時、デズモンドが物凄い殺意でセリーナに向かって手を上げようとした。

「え……？」

セリーナはその殺気を受け、死を覚悟した。

だが、ランゴンザレスとフリードが間に入り、間一髪のところで救われる。

「何故止める？　こいつは魔国に必要のない害虫だ」

デズモンドは怒り心頭だ。

セリーナは何も分からないまま恐怖で崩れ落ちる。

一緒にいた女官達は必死に悲鳴を出さないようにしていたが、一部の女官は恐怖のあまり失神していた。

「お怒りは分かりますわ！　でも、まずは拘束してミラノ魔侯爵に話を聞かないと！」

ランゴンザレスの必死の説得に冷静さを取り戻し始めたデズモンドは、セリーナを睨みつけながらも側近に指示をする。

「……それを早く拘束しろ、目障《めざわ》りだ」

デズモンドに命じられたランゴンザレスが近くにいた兵士に目配せする。

すると兵士達が、放心状態のセリーナ令嬢と女官達を拘束して連行していった。

†

「アレクシア、具合が悪いのか？」

それから部屋に案内されて皆が座ってくつろぎ始める中、アレクシアに元気がないので、ルシアードが声をかける。

「……シアは罪な女でしゅよね」

「……は？」

愛娘の突拍子《とっぴょうし》のない発言につい聞き返してしまうルシアード。

「シアはすぐにおばばになりましゅ、そして死にましゅ。そしたらまた皆を悲しませましゅね……」

それを聞いていた皆が全員黙ってしまった。特にゼストやデズモンドは悔しそうに拳を握る。

「だからおばばになるまでにやりたいことリストを作ってあるんでしゅよ！　今から皆に配りましゅ！」

アレクシアはルシアードに椅子から下ろしてもらうと、亜空間から紙を出して配り始めた。

そこにはミミズのような字で何やら記されていた。

「む。『1、冒険者になる』……その横に五匹と書いているが？」

紙を読んだルシアードが疑問をぶつけた。

「五匹は連れていきましゅよ！」

元気にそう宣言するアレクシアとは対照的に、ルシアードはつまらなそうにする。

「あら～？　『2、ブッ……女子力を磨く』ってあんたが？」

ランゴンザレスが紙を指差して大笑いする。

「「「無理だ」」」

ルシアードとゼストそれにデズモンドが即答し、双子とステラは大笑いしている。

フリードとアシュリー魔公爵夫妻は生温かい目でアレクシアを見ていた。

「ぐぬぬ……いつかステラみたいなスタイルになりまちゅ！」

「ちゅって！　舌足らずのお前にはまだまだ早い話だぞ！」

「じじい、いつも胸がないのをからかってまちたよね！　すん……悩んでいたのに……」

悲しそうなアレクシアを見た皆が、ゼストに非難の眼差しを向けた。

「あら～酷いわね！　女心が分かってないわ！」

ゼストを非難しながらも、悲しむアレクシアを抱きしめるランゴンザレス。

「お前も男だろ、ランゴンザレス！」

「おい、老いぼれ。表出ろや」

目が笑ってないランゴンザレスがゼストに喧嘩《けんか》を売る。

「次、『3、金貨に囲まれて寝る』でしゅ!!」

アレクシアは一触即発《いっしょくしょくはつ》の二人を軽く無視して、一番重要だというように堂々と大声で宣言する。

「相変わらず金目の物が好きだね、あんた！」

アレクシアを指差して楽しそうに笑うステラ。そんな彼女をフリードとアシュリー魔侯爵夫妻は優しく見つめる。以前の楽しそうでちょっとおバカな娘に戻ってくれたことが何より嬉しいのだ。

「笑うな！　シアの貯めた金貨見たら驚きましゅよ！　あっ、魔国に置いてあるシアの金貨も回収しなきゃ！」

そう言いながらお金の計算しているアレクシアはここ最近で一番真剣な表情だ。

「『4、結婚したい（玉の輿《こし》）』は俺だろう」

デズモンドはそう言って当たり前のように紙に自分の名前を記入していくが、それを見たルシアードが紙を奪い瞬時に燃やす。

デズモンドは隣にいるマクロスに配られた紙を奪い、再び記入する。そしてルシアードがまたも瞬時に奪い燃やした。

「……仲良しでしゅね」

そんな光景を微笑ましく見ているアレクシア。

『5、田舎で暮らしたい（自給自足希望）』って無理でしょう、あんた、皇女なのよ？」

「ランしゃんの領地の一部をくだしゃいな！」

「あらあら～良いわよ！　じゃあ私に嫁いできなさいよ～！」

「良いでしゅね！　ポポ爺は元気でしゅか？」

「……そうねぇ～？　帰る前に必ず会ってあげて……」

「行きましゅよ！　久しぶりで楽しみでしゅね～！」

ランゴンザレスの含みのある言い方に気付いていないアレクシアは嬉しそうに小躍《こおど》りしている。

「おい、ランゴンザレス。冗談はその格好だけしろ」

「いやだ、陛下！　早い者勝ちですわよ？　何だかんだ言っても最後に選ぶのはあの子なんですから～！」

「ちょっと！　アリア……アレクシアは私と冒険者になるんだよ！　あっ、デズモンド！　あんた早く離縁してよ！」

収拾がつかなくなっているこの場を見て、初めてロイン伯父上が恋しくなったアレクシアであった。

「セリーナの……何が届いたと言った？」

「は……はい、今魔王宮から……その……拘束したという書状が届けられました」

激しく動揺する男性に側近が恐る恐る告げる。その瞬間男性の魔力が暴発して部屋が無茶苦茶になり、側近も外に吹き飛ばされた。

「何故セリーナが拘束されたのだ！　ああ、我が娘よ！」

怒り心頭の男性は、割れた窓から見える魔王宮を憎しみを込めながら睨みつけた。

†

一方、魔王宮の一室はカオス状態に陥っていた。アレクシアの今後について、議論が紛糾していたのだ。かれこれ一時間程、言い合いが続いている。

そんな状況に頭を抱えるアレクシアを見たデズモンドがある提案をする。

「アレクシア、お前には国内外から大量の縁談を持ちかけられるだろう。アウラード大帝国の皇帝が溺愛する皇女は、皆喉《のど》から手が出る程欲しいからな」

「ううぅ……寒気がしましゅね」

「そこで良い提案があるんだが、俺と婚約しろ」

「どこが良い提案なんでしゅか⁉」

「魔国は人族にとっては恐怖の対象だ。そんな国の王と婚約すれば誰も近寄らない。魔国を敵に回す程、愚かなことはない」

ルシアードの説明に、アレクシアの心は揺らぎ始める。

「……なるほど、良いかもしれましぇんね」

「む。反対だぞ」

それでも愛娘を渡したくないルシアードが反対する。

「父上、形式上でも婚約すれば誰もシアに近付きましぇんよ？」

「……だが、一番危険な奴が近付くだろう」

ルシアードはそう言いながらデズモンドを睨みつける。

「俺はアレクシアを絶対に傷付けたりしない。ただ一緒に平凡に過ごしたいだけだ……昔みたいにな」

デズモンドのいつになく真剣な言葉を聞いて、気持ちが痛い程分かるゼストは頷く。

双子やランゴンザレスもいつになく真剣な表情をしている。

「ルシアード皇帝陛下、アレクシア皇女と婚約させてほしい。それと同時に我々魔国はアウラード大帝国の友好国であると正式に発表したいと思う」

デズモンドがそう宣言してルシアードに頭を下げた。歴史上で魔国国王が頭を下げるというのは聞いたことがない、ましてや人族に対してなど、あり得ないことである。

「アレクシア、お前はどう思うんだ？」

「父上、シアはデズモンドと婚約しましゅよ」

アレクシアの言葉を聞いて、感情が爆発して嬉しそうに大きくガッツポーズをするデズモンド。

そんな光景を見て泣いて喜ぶ双子と微笑むランゴンザレスは、ルシアードの元へ行き頭を下げる。

「父上はずっと一途にアリアナ……アレクシアを想っていました。決して傷付けたりなど致しません」

「そうですわ！　邪《よこしま》なことを考えている奴らがうじゃうじゃ寄ってくるより、全然良いと思います！」

「む……」

ルシアードは考え込む。

（大事な娘が邪な男達に狙われるより、デズモンドと婚約させた方が安全なのか？　いや、しかし……）

少しの沈黙の後、ルシアードは口を開く。

「だが、うるさい奴は秘密裏に俺が始末すれば……」

「思考が駄々《だだ》漏《も》れでしゅよ！」

アレクシアはルシアードにツッコミを入れる。

「む。……おい、決して手を出さないと言えるか？」

「今は言えるが、将来的には……」

「あーあー！」

デズモンドの言葉を、アレクシアは大声で懸命に遮る。

「父上、どうでしゅか？」

「ある程度は条件をつける。良いな？」

「ああ、アレクシアと婚約出来るなら善処《ぜんしょ》しよう」

「ふん、ならばあくまで仮の婚約者としてなら認めよう。何か問題があれば、即座に解消する」

アレクシアは先程から黙っているゼストの元へ、よちよちと歩いていく。

「ジジイは反対でしゅか？」

ゼストは涙目になりながら片膝を突く
「俺はこの世界に未練はない。悔しいが、お前が幸せなら良い、頼むから長生きしてくれ……子の死を看取《みと》る程辛いことはない……」

「ジジイ……」

アレクシアはゼストの背中を擦る。

「ジジイも長生きしてくだしゃいな」

「またお前を看取らないといけないんだぞ？　その気持ちが分かるか？　今度は俺も一緒に逝《い》かせ

てくれ」

「何言ってんでしゅか！」

「お前のいない世界に未練はないんだ」

ゼストがこんなにも弱々しい姿を見せるのは初めてで、アレクシアは驚く。そこに白玉達もよちよちとやって来てアレクシアの足下にすり寄り始めた。

『我も主しゃまがいない世界は嫌でしゅ！』

『『『我も！』』』

白玉達もこの世界にもう未練はない。ただアレクシアと一緒にいるのが好きなので生きているだけだった。

ゼストと白玉達の言葉に、アレクシアは胸に熱いものを感じ始めていた。

「あたしもあんたがいないとつまらないよ！」

ずっと黙って聞いていたステラも立ち上がり、涙を流し感情をぶつける。

娘の気持ちが分かるフリードとアシュリー魔公爵夫妻は、何も言わずに見守っていた。

「みんな……ううっ……うわーん！」

そこでアレクシアの抑えていた感情が爆発してしまう。

泣き崩れたアレクシアをルシアードがすかさず抱っこして背中を優しく擦る。

デズモンドとランゴンザレスも大泣きしているアレクシアに近寄り、慰めるように頭を撫でる。

いつもなら文句を言うルシアードだが、今は何も言えない。

その後泣き続けて疲れたアレクシアのため、集まりは解散となり、アレクシアは魔王宮の来客用の寝室に行くことになった。

アーウィング魔公爵夫妻がアレクシアと離れたくないと言い出したが、明日の再会を約束すると渋々帰っていき、ステラは魔王宮の自分の部屋に入っていった。

アレクシアはリリスに案内された部屋ですぐに眠りにつく。

さすがの最強トリオでも今回は揉めることなく、アレクシアを心配そうに見送っていた。

2　またまた懐かしい人物と再会

そして翌日。朝早くやって来たアーウィング魔公爵夫妻とともに、昨日のメンバー皆で朝食を食べていた時。

廊下の方が騒がしくなり、一人の男性が断りもなしにアレクシア達がいる部屋にずかずかと入ってきた。

その男性の後ろに隠れるように、もう一人男性が立っていて、デズモンドを見つけると憎しみを込めた目で睨みつける。

だが、皆が注目しているのは先に入ってきた男性だ。紫の短髪に赤い瞳の精悍《せいかん》な男で、見た目は三十代後半くらいだが、貫禄《かんろく》が滲《にじ》み出ていた。

「デズモンド！　お前という奴は！　何もしていないセリーナ令嬢を無理矢理拘束しただと⁉　気でも狂ったのか！」

男は物凄い剣幕で魔国国王であるデズモンドを怒鳴りつけるが、怒られている本人は昨日泣いたアレクシアが心配で全然聞いていない。

そんなデズモンドの代わりに前に出てきたのがランゴンザレスだ。

「落ち着いてください、血圧が上がりますわよ？」

「ランゴンザレス！　お前が側にいたのなら、何故止めなかった！」

男の怒りの矛先がランゴンザレスに向けられた。

「あら、私は止めませんわよ？　自業自得《じごうじとく》ですもの」

「なっ⁉　……お前もデズモンドも、あの子がいなくなってから無茶苦茶ばかりしおって！　だが、いくら魔国国王でもこれはやりすぎじゃぞ！」

声を荒らげる男性に、デズモンドが鬱陶《うっとう》しそうに返答する。

「……ポーポトス、俺は今忙しいんだ。少し黙っていてくれないか？」

「何だと？　このクソガキがぁー！」

ポーポトスと呼ばれた男は怒り心頭で、今にもデズモンドに手が出そうだ。

「はっくしょんー‼」

ピリッとしたその空気を一気にぶち壊したのは、大きなくしゃみの音だった。

「はっくしょんって……ブッ」

ルシアードは愛娘のくしゃみに、つい吹き出してしまう。

「ちゅみましぇん……ずずっ……」

出てしまった鼻水を啜《すす》りながら謝る、目が真っ赤なアレクシア。ポーポトスはそれを見て、怪訝《けげん》そうな顔をする。そして彼は冷静さを取り戻すと、今初めてこの場にいる人達に気付き、大物揃いのメンバーに驚愕する。

「おお！　お主はゼスト殿か⁉　それに……ステラ魔国王妃！　……で、この者と鼻垂れっ子は誰じゃ？」

「鼻垂れっ子って何でしゅか！　レディーに失礼でしゅね！」

「「「ブッ……レディーって！」」」

一斉に吹き出すルシアードとゼスト、それにデズモンド。

ランゴンザレスとステラは腹を抱えて大笑いしている。

「ポポ爺は相変わらず見た目と話し方のギャップが凄いでしゅね〜」

アレクシアは旧友との再会を懐かしむように言った。

「……ポポ爺？」

ポポ爺と呼ばれ驚いたポーポトスは、フラフラとアレクシアの元へやって来て、まじまじと顔を見つめてくる。

「何でしゅか？　そんなに見つめるならお金取りましゅよ！」

「お金取る……ポポ爺……金を取る……まさかアリアナかい？」

「ぐぬぬ……お金って二回言いまちたね!?」

感動の再会にもかかわらず、何故か腑《ふ》に落ちないアレクシア。

「いや……そんなはずはない。あの子はもういないんじゃからな……」

「ポーポトス、この鼻垂れっ子は間違いなくアリアナだ」

「デズモンド！　お前とうとう頭がおかしくなったのか？　アリアナは死んだんじゃよ……」

先程の威厳《いげん》はどこにもなく、今にも泣き出しそうなポーポトス。

アレクシアはそれを見かねて、自分の魔力を少し解放する。その魔力を感じたポーポトスは驚いて、その場にストンと崩れ落ちた。

「ああ、本当にアリアナなのかい？」

涙を流し震える声でアレクシアに問いかけるポーポトス。

その様子に、さすがのアレクシアも胸に熱いものがこみ上げる。

「久しぶりでしゅね、ポポ爺。相変わらず……かなり若々しいでしゅね〜……」

そう言いながらも、アレクシアの目からはポロポロと大粒の涙が溢れている。

ポポ爺ことポーポトスはランゴンザレスの祖父であり、魔国の偉大な賢者でもある。

デズモンド以上の魔力を持ち、王族すらも頭が上がらない、偉大すぎる人物なのだ。

アリアナはそんな偉大なる大賢者ポーポトスの唯一の弟子だった。

不真面目で宝石のこととなると人が変わる弟子に、苦労と迷惑しかかけられていないはずなのに、アリアナか死んだと聞いた時から、ポーポトスの心にはぽっかり穴が空いてしまっていた。

そんな愛弟子が今目の前に戻ってきたのだ、嬉しくて仕方がないに決まっている。

それはアレクシアも同じで、幾年振りの師匠との再会で涙が止まらなかった。

「ずずっ……あ……」

止まらない鼻水がポーポトスの高級そうな服にべっとりついてしまったが、それを何事もなかったように見て見ぬふりするアレクシアであった。

†

とある高級感漂う部屋のベッドで男女が戯れていた。

女が怪しげな笑みを浮かべながら、男に問いかける。

「フフ……私の願いを聞いてくれますか？」

「ああ、なんでも言え」

「……始末してほしいのです、アレクシア・フォン・アウラードを！」

「お前の願いを叶えよう、エリーゼ」

「フフ……フフフ、覚悟しなさい……」

狂ったように笑う女とそれをどこか冷めた目で見ている男。

そのベッドの傍らには魔法陣があり、その真ん中では双子の姉妹が眠るように倒れていた。

†

「ポーポトス様！」

ポーポトスの後ろにいるずっとデズモンドを睨みつけている男性が、ポーポトスを急《せ》かすように呼ぶ。

「ああ、すまんの。デズモンド、ミラノ魔侯爵に何故セリーナ令嬢を拘束したのか説明せんか！」

「ポポ爺……デズモンドを怒らないでくだしゃい。悪いのはシアなんでしゅよ……」

「ん？　どういうことじゃ？」

首を傾げるポーポトスに、ルシアードが答える。

「その男の娘がアレクシアの寿命が短いと侮辱したからだ。アレクシアは俺の娘で皇女。その皇女を侮辱したあの女に、こいつが王として制裁を加えたということだ」

ルシアードの威厳ある雰囲気に、ポーポトスの脳内に新たな疑問が生まれる。

「お主は一体何者なのじゃ？　……人族にしては魔力が我々に匹敵しているのぅ」

「俺はアウラード大帝国皇帝のルシアードだ」

「アウラード大帝国じゃと！　ではアリ……アレクシアはあの大帝国の皇女なのか？」

「そうだ、第四皇女アレクシア・フォン・アウラードだ」

「三歳のピチピチ幼女でしゅ……」

「うん、その感じはアリアナじゃな」

「今はアレクシアでしゅよ！」

ポーポトスは、その騒動の目撃者でもあるステラ魔国王妃やその両親であるアーウィング魔公爵夫妻にも何が起きたのか確認すると、怒りに震えているミラノ魔侯爵の元へ歩いていく。

「お主の娘が大帝国の皇女を侮辱したのは本当のようじゃな。デズモンドの制裁は間違っておらん」

「……！　ですが、たかが人族の国の皇女を侮辱したくらいで、牢に拘束されるのは厳しすぎます！」

「お主は……アウラード大帝国をちゃんと知っておるのか？　今の大帝国は魔国をも脅かす程の実力を持っているんじゃ、あまりにも口が過ぎると制裁対象じゃぞ」

「ふん、人族が我々に匹敵するなどあり得ないことですよ」

ミラノ魔侯爵はそう言い、鼻で笑いながらルシアードを見る。

「……父上、目にものを見せてやりなしゃい！」

「む。こんな雑魚を相手にするのか……」

ルシアードの言葉に反応するミラノ魔侯爵。

「雑魚だと！　人族の分際で魔族に喧嘩を売るとは愚かだな！」

「愚かなのはお前でしゅよ！　馬鹿ちんが！」

「このガキが！　お前のせいでセリーナは……無能な人族のガキめが！　セリーナの苦しみをお前も……!!」

そう言った瞬間だった。ミラノ魔侯爵の首元にルシアードとデズモンドの剣が突き付けられた。

「昔から馬鹿な親子だと思っていたけど……ここまでとは」

「本当ね」

マクロスとリリスも冷ややかに見ている。

そんな中、少し離れた場所からその光景を見ていたランゴンザレスの元に、黒ずくめの男が音もなくやって来て耳打ちした。報告を聞いたランゴンザレスは深いため息を吐《つ》き、額《ひたい》に青筋を浮かべつつ尋ねる。

「あの男がまた何かやらかしたの？」

「はい、エリーゼを牢から出して好き放題しています。女は自分の子を生贄《いけにえ》にして、力を得たようです」

「生贄だと？　それで今は？　あの女はアレクシアが魔国にいることは知らないはずだが？」

「はい、知りません。ですが、ユーミアス様が不在なのをいいことに今は女主人のように振る舞っていて……ラン様の指示を待っていますが、皆我慢の限界に近いです」

黒ずくめの男の言葉を聞いて、ランゴンザレスは頭を抱える。

「あの男は俺達への当て付けでやっているのだろうが、あの女は本気でアレクシアを狙っているな。今から向かうから、アーベルトにもう少し我慢してろと伝えろ」

「御意《ぎょい》」

ランゴンザレスの指示を受け、黒ずくめの男はすぐに消えた。

ランゴンザレスは重い足取りで、ミラノ魔侯爵を拘束しているデズモンド達に報告に行く。だがその途中で、こちらをじっと凝視している存在に気付き苦笑いした。

「全く救いようがない人でしゅね！」

盗み聞きしていたアレクシアは怒り心頭だった。

「聞いてたのね～？　ごめんなさいね、私の責任ね」

「あの双子は……死んだんでしゅか……？」

確かにあの双子には難があり、アレクシアも被害を受けたが、死んだと聞いて複雑な気分になる。

「あんたに言われて厳しい教育をして、更生の途中だったのよ。少しずつだけど屋敷の使用人達にも懐いてきてたのにね……」

下を向いてしまったアレクシアを励ますランゴンザレス。

「エリーゼ！　シアは絶対許しましぇん！　今から痛い目に遭わせてやりましゅ！」

溢れる涙と鼻水をランゴンザレスの高級スーツで拭くと、アレクシアは廊下とは反対に向かって歩き出した。

「もう鼻水〜！　それにそっちじゃないわよ！」

逆の方向に歩いていくアレクシアを、ランゴンザレスは正しい方向に導く。

「む。どこに行くんだ？」

ルシアードは何故か激怒しているアレクシアに声をかける。ランゴンザレスがデズモンド達に事情を話すと、ポーポトスはアレクシア以上に怒り始めた。

「あいつは！　もうただじゃおかんぞ！」

「シアが殺《や》りましゅから、ポポ爺は援護してくだしゃいな」

「ホホ、弟子との久々の共闘じゃ！　腕が鳴るのう〜！」

「……そういえば、ポポ爺はシアの魔力に気が付かなかったんでしゅか？　ランしゃんやジジイ、デズモンドも気付いたのに？」

「それが……恥ずかしい話じゃがお前が死んだ時からずっと部屋に閉じ籠っていたのもあるが、老いぼれじゃから微量な魔力感知が出来なくなってしもうてのう」

「その姿で老いぼれって言われても……説得力がないでしゅよ？」

煌びやかな風貌で嘆くポーポトスを見て苦笑いするアレクシア。

「じゃが、今は何故か力が漲《みなぎ》っているんじゃよ！　ワシもまだまだ弟子には負けたくないんでのぅ！」

「死期が近いんじゃ……」

言いかけたアレクシアの頭に拳骨が落ちた。

「痛いでしゅよ！　馬鹿になったらどうするんでしゅか！」

「大丈夫じゃ！　もう馬鹿ちんだからのう！」

余計なことを言い、ポポ爺に懐かしの拳骨を頭に食らい涙目のアレクシアを優しく励ますルシアードだが、愛娘の口癖である〝馬鹿ちん〟がポポ爺譲りと分かり、ちょっと面白くない気持ちになったのだった。

3　とある人物の怒り

罪を犯したエリーゼが、魔国にあるランゴンザレスの屋敷に到着した時に遡《さかのぼ》る。

とんでもないくらい豪華な屋敷を見て、自分の罪を忘れて舞い上がるエリーゼと彼女の双子の娘達。そんな彼女らを見て、ランゴンザレスは冷たい視線を送る。

屋敷の入り口では執事であるアーベルトとメイド達が、ズラリと並んで当主を出迎えていた。

彼らはランゴンザレスから詳しい事情を聞いていた。アリアナがアレクシアとして転生したことを聞いた時は皆が涙した。

だからこそ、アレクシアを苦しめ、亡き者にしようとしたエリーゼ達に、メイド達からの厳しい視線が突き刺さる。

そんな視線に気付いたエリーゼは、いつものように優しい笑顔で挨拶をする。

「私はエリーゼと申します。こんな素晴らしいお屋敷で働けて嬉しいですわ！」

エリーゼの媚《こ》びるような態度を見て、ランゴンザレスは殺したい衝動に駆られた。だが、アレクシアとの『エリーゼは殺さず、反省させるように』という約束を思い出し、必死に耐えた。

「おい、お前は使用人として働くんだ。この双子はお前とは別に、メイド達が教育を行う」

冷たい口調で述べるランゴンザレスに、エリーゼは辛《かろ》うじて笑顔で頷く。

双子がランゴンザレスに文句を言い始めたが、メイド達がその双子を引き摺るように中へ連れていった。

そんな双子を心配するでもなく、エリーゼはアーベルトに媚びを売ろうと笑顔で近付いていくが、アーベルトは彼女を見ることなくランゴンザレスとともに屋敷に入ってしまった。

大きな荷物とともに取り残されたエリーゼは、怒りを抑えながら一人で屋敷に入っていくのだった。


それからの毎日はエリーゼにとって地獄だった。

狭く埃臭《ほこり》い部屋で日が昇る前に起床して、屋敷の掃除や洗濯をして一日が終わってしまう。

食事はいつも硬いパンに薄いスープだけで、風呂は週に二回しか入れず、透き通るようだった綺麗な肌はボロボロになり、白く美しい手は荒れてしまった。

文句を言おうにも、ランゴンザレスはあれから姿を見せず、屋敷を取り仕切っているランゴンザレスの母親ユーミアスも現在この屋敷にいない。

そんな地獄の中でも一番に腹が立ったのが双子だった。

母である自分がこんなに苦労しているのに、双子は自分よりいい部屋でまともな食事をして、楽しそうにのうのうと暮らしている。

(母である私がこんなに苦労しているのに！)

怒りが憎しみに変わりつつあったある日、この屋敷に一人の美しい男性がやって来た。

ランゴンザレスに似た雰囲気だが、彼と違い柔らかい印象を感じさせる。

彼はランゴンザレスの父親で、このウィークル魔公爵家の前当主であるアルビンゴスだった。

だが、アルビンゴスは戻ってから部屋に籠りっきりで一切出てこない。アーベルトやメイド達は気にした素振りすらなく、仕事をしていた。

エリーゼはアルビンゴスに何かを感じ、意を決して彼の部屋に掃除を装って入っていく。

そこには、ベッドに横たわり苦しそうにしているアルビンゴスがいた。

驚いたエリーゼは危機感を覚えて、急いで部屋から出ようとする。

だが、アルビンゴスの視線がエリーゼを捉え、その瞬間、苦しんでいたのが嘘のように美しい笑顔でエリーゼに近付く。

そしてエリーゼとアルビンゴスは愛人関係になった。

それからはアルビンゴスの命令で狭い部屋から広く煌びやかな部屋に移った。

エリーゼはそれをいいことに、高価なドレスを着て女主人のような振る舞いを始めたのだ。

アーベルトは、エリーゼが罪人であることをアルビンゴスに告げたが、アルビンゴスは興味がないのか聞き耳を持たなかった。そうしてメイド達が教育していた双子も、母親といた方がいいと懇願するエリーゼに言われるままに彼女に渡してしまった。

それからすぐに事件は起こったのだった。

4　ランゴンザレスの屋敷へ

あれからアーウィング魔公爵夫妻とは別れて、皆でランゴンザレスの屋敷——ウィークル魔公爵家に向かっていた。

ウィークル魔公爵家は、偉大なる大賢者ポーポトスが懸命に築いてきた筆頭魔貴族だ。

「転移魔法で行くわよ～！」

ランゴンザレスが呪文を唱えると、魔法陣が地面に広がった。皆がその中心にいるランゴンザレスの周りに集まると、すぐに魔法陣が眩《まばゆ》く光り出す。

†

暫くして光が収まると、そこには巨大な門があり、門番達が集まってきてその場に跪《ひざまず》いた。

目の前に屋敷の主人の息子であるランゴンザレスや、偉大なる大賢者ポーポトスが揃って現れたのだ、驚かないわけがない。

だがそれ以上に驚いたのが、魔国国王であるデズモンドと魔王妃ステラ、そして魔王太子マクロスや魔王女リリスがいることだった。

ランゴンザレスは門番の一人を立たせて聞く。

「あいつがまたやらかしてるんですって？」

「あの女が自分の子を生け贄にして、アルビンゴス様と魔契約しました。ランゴンザレス様やユーミアス様が不在なのをいいことに好き勝手しています」

ランゴンザレスは門番頭《がしら》の報告内容にため息を吐く。

「アルビンゴスは何を考えておるんじゃ！」

ポーポトスは怒りを露わにした。

「アルビンゴスでしゅか……懐かしいでしゅね」

「む。アレクシア、そいつは何者だ？」

「ランしゃんのクズ父親で、ポポ爺のクズ息子でしゅね」

ランゴンザレスは、アルビンゴス魔公爵とユーミアス魔公爵夫人の息子である。

父親のアルビンゴスはランゴンザレスが幼い時に家を出ていってしまったため、母親であるユーミアスと祖父ポーポトスに大事に育てられた。

アルビンゴスは女とギャンブルが好きな典型的なダメクズ男で、この家の使用人にまで手を出してユーミアスに追い出されては反省した振りをして戻ってくる、ということを繰り返していた。

「……相変わらずの最低野郎でしゅね」

「どこで育て間違えたのかのう」

「お祖父様のせいじゃないわよ～！　とにかく行くわよ！」

呆れるアレクシアと落ち込むポーポトスを屋敷に促すランゴンザレス。

「汚《けが》らわしい男だな。ランゴンザレス、いつかお前の兄弟が増えそうだな」

「あいつは昔から大嫌い！　そんな嫌なこと言わないで！」

デズモンドとステラもアルビンゴスに良い印象がないので呆れている。

「む。アレクシア、お前が狙われるかもしれない」

「父上、シアは三歳でしゅよ？」

ルシアードの発言に呆れながらも、手を繋いでもらいよちよちと歩いているアレクシア。

屋敷の前まで行くと、そこには黒髪をオールバックにした真面目そうな男性がいた。

「アーベルト、状況は？」

「おかえりなさいませ、ランゴンザレス様。エリーゼがユーミアス様がご不在なのをいいことに、好き勝手しております。アルビンゴス様は部屋に閉じ籠って出てきません」

「あいつは何がしたいんじゃ！」

「ポーポトス様、お久しぶりでございます。それにデズモンド魔国国王並びにステラ魔国王妃も、お久しぶりでございます」

「ああ、アーベルト、久しいな」

「アーベルト！　前より強くなったか勝負……痛い！」

剣を抜こうとするステラの足を、アレクシアは踏みつける。それを見たアーベルトやメイド達は驚く。

「おっぱいお化けは黙っててくだしゃいな！」

「……まさかアリアナ様ですか？」

「久しぶりでしゅね、アーベルト」

アーベルトは亜空間から金貨を取り出してそれをアレクシアの前に持っていく。その金貨を動かす度に、目の前の幼子も面白いくらいに動く。

「本物のアリアナ様ですね」

アーベルトは呆れながらも確信した。

「アレクシア……金貨は後でにしろ」

「はっ！　シアは今何をしていたんでしゅか！」

ルシアードに言われて我に返ったアレクシア。

アーベルトやメイド達が涙を流してアレクシアを囲み再会を喜んでいると、屋敷の中が何やら騒がしくなり、あの忌《い》まわしい女の声が聞こえてくる。

「ちょっと！　メイド達はどこにいるのよ！　サボッているならアルビンゴス様に言いつけるわよ！」

「いい加減にしておくれ！　それはユーミアス様のネックレスじゃないか！　返しなさい！」

「何よ！　メイド長か何か知らないけど、私はアルビンゴス様の妻になるのよ！　あんたなんかクビよ！」

「あの女！　許せましぇん！」

聞こえてきた声に腹が立ったアレクシアは、ルシアード達に目配せする。

するとデズモンドが一番初めに動き、玄関ドアを開けた。

「魔国国王にドアを開けさせるとは……さすがですね」

アーベルトが苦笑いする。

ドアの向こうでは、恰幅《かっぷく》の良い女性と派手なドレスを着たエリーゼが言い争いをしていた。ドアが勢いよく開いたことに驚いた二人が振り向いた。

目の前に突如として現れた人物達を見て驚くエリーゼ。

「ルシアード皇帝陛下……！　それにあんた……！」

「あんたじゃないでしゅよ、シアでしゅ！　エリーゼ！　シアはあなたを絶対に許しましぇんよ！」

「アハハハ！　私は生まれ変わったのよ！　魔族の力を手に入れたの！　あんたなんかすぐにでも

灰にしてやりたいけど、じわじわと苦しめてやるわ！」

「本当にクズでしゅね！　……でも先にアルビンゴスを呼んでくだしゃいな！　あいつも許しましぇん！」

アレクシアがそう宣言すると、ランゴンザレスがアーベルトに目配せする。

「出てこない場合は手荒い方法を採りますが、許可をくださりますか？」

「ええ、全然良いわよ！　あのくそ親父は何を考えているのかしら！」

「はっ！」

ランゴザレス許可を得たアーベルトは、恐ろしい笑顔でアルビンゴスの部屋に向かっていく。

「どこかで見たことある笑顔でしゅね」

「お前の伯父だろ」

デズモンドが苦笑いする。

「確かに似ているな」

これには頷くしかないルシアード。

すると、二階から物凄い爆発音がしたので、ルシアードは急いでアレクシアを抱きしめて守る。

皆で二階に向かうと煙が立ち込める中から笑顔のアーベルトが現れ、一人の男性をゴミのように引き摺ってきた。

「うぅ……怖いでしゅ！　笑ってましゅよ、ロイン伯父上！」

「「アーベルトな」」

最強トリオは見事なツッコミを入れる。

「声をかけても出てきませんでしたので、少し手荒になってしまいました。申し訳ありません」

そう言って、アーベルトはアルビンゴスを床に投げ捨てた。

「少しでしゅと！」

アレクシアはそう言ってブルブルと震える。

そして血塗《まみ》れで気絶しているアルビンゴスを見て絶句する。

「まぁ死んでないから良いわよ！　それより気絶してるわね……」

そう言ったランゴンザレスが動く前に、ポーポトスが倒れているアルビンゴスの胸ぐらを掴み、思いっきり平手打ちをする。

「こら、起きんか！」

「うぅ……親父？　ということはここはあの世か？　俺はもう死んだのか……」

「ワシは生きとるわ！」

まだ意識が朦朧《もうろう》としているアルビンゴスとポーポトスが言い合いを始めた。

「相変わらず面白い親子でしゅね」

「そうだな」

「お前達だけには言われたくないと思うぞ？」

ゼストはアレクシアとルシアードに的確にツッコむ。

マクロスとリリスはそんな面白い親子達を見て大笑いしている。

「お前は何てことをしてるんじゃ！　こんな女に魔力を与えたのか！」

「こんな女とは何よ！　私はアルビンゴス様の妻になるのよ！　あんたは誰よ！」

「ワシはこの馬鹿息子の父親じゃ！」

「父親……お義父《とう》様でしたのね！　とんだ失礼を致しました！」

先程までの鬼の形相《ぎょうそう》から天使のような美しい笑顔に変わるエリーゼに、皆が呆れている。

「なにこの女！　気持ち悪いわね！」

ステラが吐き捨てるように言う。

「誰よあなた！」

「この国の魔王妃でしゅよ！」

アレクシアの言葉に驚いたエリーゼは、信じられないという目でステラを見つめる。

「おい、俺がいつお前を妻にするって言った？」

アルビンゴスが怪訝そうな顔をしてエリーゼに問う。

「え……？」

「何度か寝たくらいで俺の女になったと思ってるのか？」

「相変わらず最低のクズ野郎でしゅね！」

アレクシアは耳を塞ごうとするルシアードの手を押し退けて、アルビンゴスに向かって怒りをぶつける。

「何だこのちんちくりんのガキは？」

「ちんちくりんでしゅと！　デズモンド、婚約者がちんちくりんって言われてましゅよ！」

アルビンゴスはその言葉でデズモンドに気付いて、驚きつつも急いで跪《ひざまず》いた。

「おい、俺の婚約者を侮辱するとは……死にたいらしいな？」

「このガ……子供が陛下の婚約者？」

「ああ、この世でたった一人の愛しい女だ」

「そこまで言われると恥ずかちいでしゅね」

アレクシアは恥ずかしそうにもじもじする。

しかし、ルシアードはムッとしていた。

「む。父親の前で良い度胸だな」

エリーゼは、この魔国の王の婚約者が忌々《いまいま》しいアレクシアだと聞いて怒りが爆発する。

「あんたが魔国国王の婚約者ですって！　そんなこと許さないわよ！　魔王妃はそれで良いんですか！」

「ああ、私はこの男と離縁するつもりだからな！　アレクシアと冒険するんだ！」

キラキラした瞳で嬉しそうに即答する魔王妃ステラに、エリーゼとアルビンゴスは開いた口が塞がらない。

そこへ、ランゴンザレスがいつもとは違う口調で、アルビンゴスに啖呵《たんか》を切った。

「親父！　このことは母上に報告しますからね！　今度こそ離縁してもらわないと……」

「駄目だ！　俺は絶対にユーミアスと離縁しないからな!!」

「お前にそんな権限はないぞ！　もうウィークル魔公爵家の当主はランゴンザレスが継いでいるんじゃ！」

ポーポトスの言葉に、アルビンゴスは何も言えずに黙ってしまった。

アレクシアがエリーゼに言う。

「エリーゼ!!　お前はシアが成敗《せいばい》しましゅよ！　自分の子を殺すなんて鬼畜《きちく》でしゅ！」

「あの子達も最後は私の役に立ってくれたわ！　アハハハ！」

「このーー!!」

嬉しそうに笑うエリーゼに、アレクシアが飛びかかろうとした時だった。

「双子は……生きてる……」

急に苦しみ出したアルビンゴスがそう口にした。

「「「……はぁ？」」」

「どういうことでしゅか！　双子は無事なんでしゅか!?」

アルビンゴスが苦しみ出したことにも驚いているが、それ以上に双子が生きているという発言に食いつくアレクシア。

「ああ……今は俺の部屋で眠……ってる。魔法陣を組み換えた……仮死状態にして死んだと見せかけた……」

たどたどしく話すアルビンゴスを心配して駆け寄るポーポトス。エリーゼは呆然としている。

「あの子達が生きてるの？　……じゃあ私の力は!?」

「そんなもの……与えていな……お前のような女に、力なんか与えない……うぅ……」

アルビンゴスはそこまで言うと崩れ落ちた。

「じゃあなんで私を選んでくれたのですか！」

倒れたアルビンゴスに焦ったエリーゼが詰め寄ろうとするが、そんなエリーゼの前に立ちはだかったのはアレクシアであった。

「あなたから魔力を全然感じましぇんよ？　本当に馬鹿ちんでしゅね！」

状況が呑み込めないエリーゼは固まってしまう。

「でしゅがシアは全力でいきましゅよ！」

そう言うと同時に、アレクシアはこれまで抑えていた魔力を解放させる。

その凄まじい魔力に耐えられないメイド達が次々と倒れていく中、最強トリオやポーポトス、ランゴンザレス、アーベルトは平然としている。一方、ステラやマクロス、リリスは辛うじて立っている状況だ。

「ホホッ！　懐かしい魔力よのう～」

ポーポトスがアレクシアの魔力に感動している。

「この魔力……アリアナなのか⁉」

アレクシアが魔力を解放したことでようやく目の前の幼女がアリアナだと気付いたアルビンゴスは、苦しみながらも驚きを隠せない。

「あぁ……何よ……この魔力……」

アレクシアの凄まじい魔力に震えが止まらないエリーゼ。

「覚悟してくだしゃいな！」

アレクシアは魔法を使わずに、思いっきりエリーゼの顔面を拳で二発殴った。

「ぎゃあああ！」

三歳とは思えない力で殴られたエリーゼの顔は悲惨なことになっていた。鼻が折れて鼻血が噴き出して、口からも血がポタポタと垂れている。

「あら～えげつないわね」

そう言いながらランゴンザレスが盛大に拍手をする。

「む。アレクシア、そう簡単に死なせないつもりだな」

「当たり前でしゅよ！　楽には死なせましぇん！」

ルシアードにそう言ってまた拳を握るアレクシア。それを見たエリーゼは、かつての夫であるルシアードに助けを求める。

「へいが……おだすけを……！」

「……一つ聞きたいことがある。何故、魔人を召喚してまでアレクシアを狙ったんだ？　お前は何を隠している？」

「……それは……この子が陛下の寵愛《ちょうあい》を受けて……それが悔しくて……」

明らかに目が泳いでいるエリーゼを見て、ルシアードはやはり何かを隠していると確信する。

「嘘をつくな。お前がそんな理由でリスクの高いことをするわけがない。正直に答えるか、このまま殴られて死ぬか、どちらを選ぶ？」

冷たい眼差しでエリーゼを見下ろし、選択を迫るルシアード。

「嫌よ……死にたくない！　……私はプリシラ様に言われた通りにしただけよ！」

「プリシラ？　それは誰だ？」

デズモンドが聞く。

「プリシラ様は醜《みにく》かった私を綺麗にしてくれたの、あの方は女神のようなお方よ！」

恍惚《こうこつ》の表情を浮かべてその名を呼ぶ、血塗れのエリーゼの姿は実に不気味だった。

「プリシラ？　シアは知りませぇんよ？」

「ワシも長年生きているが、聞いたことないわい」

狙われたアレクシアも師匠のポーポトスも全く知らない名を聞いて、二人は首を傾げる。

だが、ルシアードはその名を聞いたことがあった。

「プリシラ・フォン・アウラードか？」

「ええ、陛下のお母上ですわ！」

エリーゼの言葉に驚く一同。

「父上にも母上がいたんでしゅね……シアは本気で悪魔から生まれたと思ってまちた……衝撃でしゅ！」

「む」

アレクシアの感想に、ルシアードは複雑な気持ちを抱く。

「お前の母親がこいつを狙ったのか？　アレクシアは孫だろ？」

ゼストが疑問をぶつける。

「あの女ならやりかねない」

そう口にするルシアードの表情は冷たかった。

「シアは会ったことありましぇんし、何故狙われているのか分かりましぇんね～」

「もう、のんきな子ね」

首を傾げるアレクシアに、ランゴンザレスは呆れる。

そんな光景をよそに、エリーゼはプリシラに出会った時のことを思い出していた。

彼女は幼い頃、醜さゆえに両親からも兄弟からも疎《うと》まれ、それどころか侯爵家の恥だと言われ、部屋にずっと閉じ込められていた。

そんな家族を恨んでいたが、何も出来ずに絶望していたある日。一人の美しい女性が何故かエリーゼを訪ねてきた。

そしてこう尋ねたのだ。

「綺麗になりたい？」

その女性はプリシラと名乗り、エリーゼに美貌《びぼう》を与えた。

見違える程に綺麗になったエリーゼが最初にやりたかったことは、家族への復讐だった。そして、母親には一生消えない傷を与え、父親と兄弟は事故に見せかけて殺した。

その後はプリシラの進言もあって、憧れていたルシアード皇帝陛下の側妃になった。

エリーゼはふとプリシラに、何故自分を助けてくれたのかと聞いたことがあった。

「昔の自分を見ているようだったからよ」

そう言って黙ってしまったので、それ以上は聞かなかった。

†

そして月日が経ち、アレクシア第四皇女がルシアード皇帝陛下に気に入られたと後宮で瞬《また》く間《たま》に噂になった。

それからプリシラの様子がおかしくなり、ある日いきなり部屋を訪ねてきてこう言ったのだった。

「アレクシアを始末したい」

しかし、本当は自ら動きたいが見張られているため、エリーゼに代わりに動いてほしいとお願いされた。

そうしてこうも言われた。アレクシアを殺すことに成功したら、息子のドミニクを次期皇帝候補にしてやると。

そんな話にエリーゼは飛びついた。

何故そこまであの幼子が憎いのかは分からないが、エリーゼは自分の欲のために必死に動いた。

が、その企《たくら》みは失敗に終わる。

魔国送りにされて以降は、失脚させられたという個人的な怨恨《えんこん》も加わった。

そうしてエリーゼはアレクシアを消すため、アルビンゴスの魔力を利用しようとしていたのだった。

†

回想を終えたエリーゼは、絶望的な状況の中で生き残る術《すべ》を必死に考え始める。

しかし、それは虚《むな》しい努力だった。

「何か考えごとか？　余裕じゃのう～」

ポーポトスが手を上にあげる仕草をして魔力を解放すると、エリーゼが宙に浮かんだ。

アレクシアは、宙に浮いていて身動きが取れないエリーゼに向かい言い放つ。

「【地獄《じごく》の業火《ごうか》】に焼かれよ！」

するとエリーゼの体が青い炎に焼かれ始めた。

エリーゼは苦しみから叫び声を上げる。

「いやぁぁぁぁーーー！　熱い！　あづいーーーー！」

暫くすると炎が消え、エリーゼの火傷が綺麗に回復していく。

だが休むことなくまた青い炎がエリーゼを包み、それが延々と繰り返される。これが【地獄の業火】という魔法の効果だ。

その後、エリーゼは体を炎に包まれたまま、ポーポトスによってウィークル魔公爵家の地下牢に入れられた。

彼女はこれから死ぬまで、体を焼かれて苦しむことが決定したのだった。

†

エリーゼを地下牢に入れたポーポトスが戻ってきて、ルシアードに尋ねる。

「そのプリシラとやらがアレクシアを狙う理由は何なんじゃ？」

「あの女は先帝を殺した時に幽閉《ゆうへい》した。だがその以前から部屋に籠りっきりで外部と接触することもなかったと思っていたが……」

ポーポトスの問いにルシアードは考え込んでしまう。

プリシラという女はプライドが高く傲慢《ごうまん》で、権力しか信じていないような人だった。

息子であるルシアードには近寄りもせずに、教育を放棄した。面倒を見てくれた祖父がいなかったら、ルシアードは今頃この場にはいないだろう。

「ロインに報告して、最重要監視対象にさせないとな」

「父上が生きていて良かったでしゅよ」

アレクシアがルシアードを慰めると、彼はその言葉が嬉しくて思いっきりアレクシアを抱きしめた。

「あの……本当にアリアナなのかい？」

そこに涙を流しながら近寄ってきたのは、先程エリーゼに立ち向かっていたふくよかな女性だった。

「久しぶりでしゅね、ライザしゃん！」

メイド長のライザは、ルシアードから物凄い力でアレクシアを奪って抱きしめた。

「あらあら〜可愛らしくなって！　このライザに顔を見せてくださいな！」

「ピチピチの三歳でしゅよ！」

アレクシアは胸を張りドヤ顔で答える。

「……ああ、アリアナだね。見た目詐欺かい！　あはは」

「失礼でしゅね！」

そんな二人のやり取りを面白くなさそうに見ていたルシアードが、痺れを切らしてライザから奪い返してアレクシアを抱っこする。

「知り合いか？」

「あい！　ウィークル魔公爵家のメイド長のライザでしゅよ！」

「あんたが今度の父親かい……まぁこの子のことは大事そうにしているから良いがねぇ、あの双子はどうなんだい？」

「む。確かに今まで会いに行くことはあまりなかったな」

「本当に……！　あの子達は寂しかったんだよ！　このろくでなしが！」

ライザは、ルシアードの背中に思いっきり張り手を食らわせた。

「む。痛いぞ」

「ライザの張り手は痛いでしゅよ！　シアも昔はよく食らってまちたよ！」

「ワシもじゃ！」

何故か自慢げなポーポトスにライザは呆れている。

「お祖父様、自慢するようなことじゃないわよ〜！」

偉大な大賢者ポーポトスに呆れる孫のランゴンザレス。

デズモンドやステラも昔のやらかしとライザの張り手を思い出して、自然とお尻をさする。

「お前達は一体何なんだよ！」

そこに、放置されていたアルビンゴスの怒声が響く。

「お父様、これ以上我がウィークル魔公爵家に迷惑かけるなら……消すわよ？」

ランゴンザレスがアルビンゴスを睨みつけて凄んだ。

「おい！　父親に向かって消すだと⁉」

「ええ、お祖父様、良いわよね？」

ランゴザレスがポーポトスに尋ねると、彼は頷いて言う。

「そうじゃな、こんなバカ息子でユーミアスに申し訳ないからのう」

「アルビンゴスは牢に入れておけ、後で色々と尋問する」

デズモンドはランゴンザレスにそう指示する。

「デズモンド陛下！　俺は何もしてないです！　あの女が勝手に……むご！」

デズモンドが指を鳴らすと、うるさく喚き散らすアルビンゴスの口が開かなくなった。それを見届けて、アーベルトが引き摺るように牢へ連行していった。

「双子が心配でしゅ！　ライザ、部屋に案内してくだしゃいな！」

「ええ、こちらです！」

ライザに案内されて二階の奥にあるアルビンゴスの部屋に向かうが、先程のアーベルトの手荒な対応でドアが粉々になっていた。

部屋はカーテンが締め切られていて、煙草と香水が混ざったような独特の臭《にお》いが鼻につく。

薄暗い部屋のソファーでスヤスヤ眠っているカヒルとエメルを発見して、アレクシアは安心した。

「双子が回復するまで健康的な部屋で眠らせてくだしゃい」

「ええ」

ライザは愛しげに双子を抱っこすると部屋を出ていった。

ゼストがカーテンを開けると、光で床に描かれた魔法陣が浮き彫りになる。

「見たことないでしゅね……ポポ爺、分かりましゅか？」

「これは偽物の魔法陣じゃな、ここを少し弄《いじ》れば魔力を高めてくれる魔法陣になったが、その魔法陣には生け贄が必要なんじゃよ」

「本当にアルビンゴスは双子を使うつもりはなかったんでしゅかね……？　じゃあそもそも何で魔法陣が……？」

「ああ見えて昔は優秀で優しい子だったんじゃよ……」

「でも、双子を危険な目に遭わせたのには変わりがないからお仕置きでしゅよ！」

ぷんすか怒りながらも考えるアレクシアだったが、答えは出ないままだった。


アーベルトやライザがそれぞれの仕事を終え戻ってくると、一同は広間に移動した。

濃い一日を終えようとしていたアレクシアは、疲れからウトウトとしている。

そんなアレクシアを見て、マクロスとリリスは心配そうに声をかける。

「アレクシア、無理に起きてなくていいから少し眠りなよ」

「そうよ、今日は色々とありすぎたわ」

「落ち着いたし、一戦交えよう……」

「『母上!!』」

空気の読めないステラは息子達に一喝された。

「シアは幼女なので疲れまちた。今日はここに泊まっていいでしゅか？　双子も気になりましゅ……」

「そうだな」

ルシアードもそれに同意する。

「あらあら～良いわよ～！」

「ホホッ！　ワシも弟子との再会で積もる説教があるんでな！」

喜ぶランゴンザレスとポーポトス。二人はアーベルトやライザに色々と指示し始める。

それに不満なのがデズモンドだ。

「おい、転移魔法で一瞬で魔王宮に帰れるんだ。そっちで休めばいいだろう。王宮にはお前の部屋も用意してある。もちろん俺の部屋の隣……」

「何がなんでもここに泊まるぞ」

ルシアードはアレクシアを抱きしめながらデズモンドを警戒する。

「私も泊まるわよ！　良いね、ランゴンザレス！」

「うーん……魔王妃、暴れないと約束してくださいよ～？」

嬉しそうなステラにランゴンザレスは苦笑いだ。

「私達は帰るわ、また明日会いに来るわね！」

「またね、アレクシア」

リリスとマクロスはそう言って去っていく。

相変わらず睨み合うルシアードとデズモンドだが、他の者はそんな二人を無視して各々が行動し始めていた。

「うーーん……父上とデズモンドだけうるさいでしゅ！」

アレクシアに名指しで注意されて落ち込む二人。

ランゴザレスがデズモンドに言う。

「陛下は仕事があるんですから帰ってくださいよ～？　これ以上仕事が溜まると……」

「ここに持ってこい。秒で終わらせる」

「……分かりました。部屋をご用意致しますので、そこで待っていてくださいね～？」

面倒なことになりそうだと感じたランゴンザレスは、渋々許可を出す。

その後、デズモンドは本当に仕事に取りかかるのだった。

†

一夜明け、アレクシアはランゴンザレスの屋敷で目を覚ます。

眠い目をこすりながら朝食を食べ、昼までポーポトスと昔話に花を咲かせ、平穏な時を過ごしていた。

それから昼食を済ませたアレクシアは、襲ってくる睡魔に勝てず、昼寝をすることにした。

「お腹が空きまちた!!」

昼寝から目覚めたアレクシアはそう叫ぶと、元気いっぱいにベッドから起き上がり、気配がする隣の部屋に移動した。

そこには優雅にお茶を飲むルシアードやゼスト、それに愛剣を磨いているステラがいた。

部屋の隅では、何人かメイドも待機していた。

「目が覚めたか、アレクシア。個性的で可愛らしい髪型だな」

誰もが虜《とりこ》になるであろう笑顔を、アレクシアに惜しみなく向けるルシアード。

「あい！」

「ぶっ……お前、凄い寝癖だぞ！」

ゼストは、アレクシアの独特な髪の毛の立ち方につい笑ってしまう。

「……アウラードで流行ってるんでしゅよ！」

照れ隠しでそう言うアレクシアに向かって、ステラが喋り始める。

「よし、今度こそ一戦交え……」

「それしか言えないんでしゅか！　馬鹿ちんでしゅか！」

剣を向けようとするステラを一蹴するアレクシア。

「そんなことよりシアはお腹が空きまちた！」

アレクシアは自身のお腹を擦る。

すると待機していたメイドが口を開く。

「アレクシア様、お食事をご用意致しますので少々お待ちくださいませ」

「あい！　ありがとうございましゅ！」

アレクシアの心からの叫びを聞いていたメイドが準備をするために部屋を出ていった。

ルシアードはわざわざ立ち上がると、アレクシアを抱っこして椅子に座らせる。

「そういえば双子は大丈夫なんでしゅか？」

「……ああ。まだ眠っているらしく、会えるのは明日以降になりそうだな」

「そうでしゅか」

しんみりしてしまった部屋に、ステラが剣を磨く音だけが響き渡る。

そこへ、ポーポトスとランゴンザレスが入ってきた。

「あら、盛大な寝癖ね！」

「全く、相変わらずじゃのう」

ランゴンザレスとポーポトスは楽しそうに笑う。

「今、アウラードで流行ってるんでしゅよ」

ランゴンザレスはアレクシアの言い訳に苦笑いしながら、髪を綺麗に整えてあげる。

「ありがとうございましゅ、ランしゃん！　さすがの女子力でしゅね！」

「あらあら～！　褒めても金貨はあげないわよ？」

そんな微笑ましい会話をしていると、アーベルトに案内されてデズモンドもやって来た。デズモンドはアレクシアに声をかける。

「起きたのか」

「あい。デズモンドは今日の仕事は終わったんでしゅか？」

「ああ。……アレクシア、俺の隣に来い」

「何ででしゅか？」

「俺の婚約者だからだ」

「シアは幼女なので、一人で下りれましぇん」

シアの両隣はルシアードとゼストががっちり固めている。

「む。仮の婚約者ということを忘れるなよ」

「それに男の隣で飯を食うなんて百年早《はえ》ぇな！」

「……父上もじじいも男でしゅよね？」

アレクシアのツッコミに、ルシアードもゼストも黙ってしまう。

「デズモンドはシアの前に座ってくだしゃいな」

「……それも良いな。お前をずっと見てられる」

「怖いでしゅよ！」

全員が席に着いてから少しして、メイドが豪華な料理を運んできた。

「きゃあああ！　美味しそうでしゅね！」

アレクシアは目の前に置かれた分厚いステーキ肉に思いっきり齧《かじ》りついて満面の笑みを浮かべる。

あまりの美味しさに椅子に座りながら小躍りする彼女を、ルシアード、ゼスト、デズモンドの三人は愛おしそうに見ている。

「あんたの好きな物ばかりにしたのよ！」

「ありがとうございましゅ、ランしゃん！　さすがの気遣い！」

「あらあら～！　褒めても金貨はあげないわよ？」

楽しそうなアレクシアを、デズモンドは食事もとらずに夢中で眺めている。それは、横にいたステラがデズモンドの皿に手を伸ばしているのにも気付かない程だ。

アーベルトがそんなデズモンドを珍しそうに見る。

(あれを見て、何故あんな顔になるのでしょうか？)

デズモンドが愛おしげに見ているアレクシアは、口の周りがステーキソース塗れでルシアードにゴシゴシと拭かれている最中だった。

「ランしゃん、そういえばユーミアスしゃんはどこに行ってるんでしゅか？」

「ああ……多分父上の愛人達の所だと思うわ」

それからランゴンザレスは、そうせざるを得ないユーミアスの事情を話し始めた。

「あのクズ親父の愛人達の中の何人かは子供がいるらしくてねぇ～。女達に手切れ金だけ渡して放置しているみたいだから、子供が心配だって母上が様子を見て回ってるのよ」

「本当にクズ野郎でしゅね！　それにユーミアスしゃん……苦労人でしゅ！」

ランゴンザレスの話にアレクシアは怒り出す。

「うぅ……どうしてあんな奴に育ってしもうたんじゃ……！」

そう言って泣き出したポーポトスを、アレクシアが慰めていた時だった。

廊下が騒がしくなり、後ろに控えていたアーベルトが様子を見るため、部屋から出ていった。

「何でしゅかね？　アルビンゴスがまた何かやらかしたんでしゅかね？」

「やりかねないな」

アレクシアの言葉に頷くルシアード。

そこへアーベルトが戻ってきて、騒ぎの報告を始める。

「アルビンゴス様の愛人だと言い張る女性がやって来て、騒いでおります」

「もう！　またなの？　いつも通り帰ってもらいなさい！」

ランゴンザレスが呆れながらアーベルトに命令する。

「ですが、今回は子供を連れておりまして……いかが致しましょうか？」

「はぁ……そうね～……」

ランゴンザレスはため息を吐いて考え込んでしまう。

その様子を見ていたアレクシアが口を開いた。

「ここに呼んで話を聞いてあげたらどうでしゅか？」

アレクシアは子供がいると聞いて、アルビンゴスが養育を蔑《ないがし》ろにしているため、その母子が生活に困窮しているのではと心配になったのだ。

「ここには魔国王と魔王妃もいるのよ？　危険なことが起きたらどうするの？」

「俺は構わないぞ」

「私も！」

デズモンドとステラの承諾が出て、ランゴンザレスは仕方なくアーベルトに指示を出した。

そしてすぐに部屋に親子がやって来た。

母親らしき女性は宝石をこれでもかと身に着けており、その一歩後ろに佇んでいる幼い男の子は服がボロボロで体に傷跡がいくつもあった。男の子は何かに怯えるように震えている。

「ちょっと！　アルビンゴス様はどこよ！　って……あら～良い男ばかりねぇ！」

「シアは嫌な予感がしましゅね」

女は、ルシアードとゼスト、それにポーポトスやデズモンドと、値踏みするように見ている。

魔国国王であるデズモンドと大賢者であるポーポトスの顔を知らないところを見ると、地方の平民である可能性が高い。

「父上なら不在だが、何か用か？」

ランゴンザレスがいつもと違う冷たい口調で尋ねる。

「あら、息子なの？　良い男ねぇ～！」

「用件を言え」

「あ～ハイハイ！　お金がなくなったのよ！　だからこの子の養育費を貰いにわざわざここまで来たの！」

女がそう言って男の子を見ると、男の子はさらに体を震わせた。

ランゴンザレスは女を睨みつけながら問いかける。

「お前のそのドレスや宝石を売れば、良い暮らしが出来るんじゃないか？　それに、自分だけ豪華なドレスを着て、子供には良い物を着せないんだな？」

「……来る途中で転んだのよ！」

強気の女とランゴンザレスは一触即発の状態だ。

だが、アレクシアがそんな二人を無視して、怯える男の子の元へ歩いていく。

「大丈夫でしゅか？　傷が痛いんじゃないでしゅか？」

アレクシアがそう聞くが、男の子は答えずにポロポロと泣き出してしまう。

ランゴンザレスが何かを察知したように男の子に近寄り、薄汚れた服を捲る。すると、至るところに青あざあった。

「最低だな」

デズモンドが顔をしかめる。

「……この子がドジでいつも転ぶのよ！　あんたも泣いてないで何か言いなさいよ！」

「うぅ……うわーーん」

泣きやまない男の子に腹を立てた女が手を振り上げた。

だがその手をアーベルトが掴み、思いっきり捻る。

「ぎゃあああ！　痛い！　離してよ！」

「この子はもっと痛かったと思いますよ」

アーベルトは女を睨みつけて吐き捨てる。

「そうでしゅよ！　この馬鹿ちん厚化粧オババ！」

アレクシアはそう言って、泣いている男の子の治療をメイド長のライザに任せる。ライザが男の子に問う。

「坊や、名前は？」

「……すん……グズと呼ばれて……」

男の子の言葉に凍りつく室内。

ライザは怒りを抑えて、優しく男の子を抱っこすると部屋を出ていった。

「グズでしゅか……」

怒りに震えるアレクシアは、アーベルトに押さえられている女の元へ向かう。

「誰かシアを抱っこしてくだしゃいな！」

アレクシアがそう言うと、一斉に立ち上がる最強トリオ。

だが空気を読んで揉めることなく、ルシアードがアレクシアを持ち上げた。

ルシアードに抱えられたアレクシアが、驚いている女の顔面に向けて、渾身《こんしん》のパンチを放った。

その女は白目になり、鼻血を噴き出して後ろに倒れる。

自然と拍手喝采が湧き起こった。

「いいパンチね〜！」

すると、ドア付近から聞き慣れない声が聞こえた。全員が振り向くと、一人の女性が気配もなく立っていた。

燃えるような真っ赤なドレスを身に着けた、金髪碧眼の妖艶《ようえん》な美女がそこにいた。

「ユーミアスしゃん！　相変わらずセクシーでしゅね！」

「あら〜！　アリアナちゃんよね！　ゴンちゃんから聞いてはいたけど、随分と可愛らしくなって〜！」

ユーミアスはルシアードからアレクシアを奪うと、嬉しそうに抱きしめる。

「うぅ……おっぱい圧死しましゅ……」

「ちょっとママ！　アレクシアが死んじゃう！　それにゴンちゃんはやめてって言ってるでしょう！」

ユーミアスの豊満な胸に埋もれたアレクシアを急いで奪う最強トリオ。

「む。アレクシア大丈夫か？」

「うぅ……ここは地獄でしゅか？　目の前に悪魔がいましゅ……」

「……悪魔じゃないお前の父親だ」

アレクシアの発言に対して真面目に答えるルシアード。

「おい！　俺が分かるか⁉」

「うぅ……目の前に金の鱗が……ふふ……シアは大金持ちになりましゅ……」

「……お前って奴は！」

ゼストは呆れてアレクシアにデコピンする。

「痛いでしゅね！　ほんの冗談でしゅよ！」

「あれは半分本気だろ？」

デズモンドが苦笑いしながら、アレクシアの頭を優しく撫でる。

ユーミアスは急に真剣な顔になり、デズモンドの前で跪《ひざまず》くと頭を下げた。

「デズモンド魔国王陛下並びにステラ魔国王妃。この度は夫であるアルビンゴスが多大なるご迷惑をおかけして、誠に申し訳ございませんでした。ウィークル魔公爵家の者として深くお詫び申し上げます」

「頭を上げろユーミアス。この件はウィークル魔公爵家の問題だ。アルビンゴスの件はお前達に任せる」

「はっ！　ありがとうございます！」

ランゴンザレスもそう言って、ユーミアスとともに頭を下げる。

「ユーミアスしゃん、何であのくそクズ男と離縁しないんでしゅか？　ウィークル魔公爵家から莫《ばく》大《だい》な慰謝料を請求して……むぐっ」

「アレクシア、頼むからオブラートに包め」

デズモンドが、アレクシアの正直すぎる口を手で塞いだ。

するとユーミアスは顔を上げ、遠い目をしながら口を開く。

「そうねぇ……何でかしら。もう考えることも忘れてたわ……」

「ユーミアスしゃん……」

「まぁ、今回ばかりは半殺しにしてから、麻酔なしの去勢ね！」

ユーミアスが清々《すがすが》しい顔で恐ろしいことを言う。

それを聞いて震え上がる男性陣と大笑いするステラ。

「それより、この倒れてる馬鹿ちん厚化粧オババはどうしましゅか？」

「ああ、そうね。いないと思ったら家まで来たのね！　アーベルト、地下牢へ入れといて頂戴！　後でゆっくりと話し合うわ。あの坊やは私が引き取ろうかしら」

「そうねぇ、あの子は間違いなくウィークル魔公爵家の血を引いてるわね。紫の髪に赤い瞳だったもの」

ランゴンザレスはそう言って頷く。

「おお、そうじゃな。ユーミアスよ、馬鹿息子のせいで苦労をかけてしまい、本当にすまんのぅ……」

ポーポトスが申し訳なさそうにする。

「お義父様、私は子供が大好きですから気にしないでください。ゴンちゃんはもう抱っこさせてくれないし、そろそろ子供と触れ合いたいと思っていたんです」

ユーミアスの発言に呆れるランゴンザレス。アレクシアはこの状況を面白がっていた。

「ランしゃん、親孝行でしゅよ？　抱っこされたらどうでしゅか？」

「あんたね〜！　面白がって〜！」

「ねぇ、あの子供達は？　こっち見てるけど？」

ステラが指差す方を見ると、そこには子供達がおり、ドアの隙間からちょこんと顔を出していた。男の子と女の子、そして女の子が抱っこしている赤子の三人だ。

その見た目はどう見ても……

「あたしの兄妹ね……」

ランゴンザレスは頭を抱えた。彼らは、ユーミアスが引き取ってきた、アルビンゴスの隠し子達だった。

「あら〜着替えたのね！　いらっしゃいな！」

ユーミアスが嬉しそうに手招きすると、子供は遠慮がちにやって来る。

ランゴンザレスが、ユーミアスに尋ねる。

「ママ、この子達も引き取るの？」

「ええ、事情があってね。ピポちゃん、ママは？」

「ママはいまねんねちてりゅの」

ピポと呼ばれた女の子がそう答えた。ユーミアスは頷きながら、女の子から赤子を受け取る。

ユーミアスはすやすや眠る赤子を愛おしそうに抱っこしながら、この幼子達の事情を話し始めた。

「この子達の母親は今別室で眠ってるわ。体が弱くてね、アルビンゴスが渡したお金で何とか暮らしていたけど……もう限界だったわね」

ユーミアスが赤子をあやしながらそう言うと、さらに説明を続けた。

この子達の母親ルミナは元々ユーミアスの専属メイドだった。だが、アルビンゴスに無理矢理手を出されてしまう。

彼女はユーミアスに顔向け出来ないと、何も言わずに辞めていった。

彼女は男爵家の令嬢だったが、アルビンゴスに手を出されたということで家族から受け入れてもらえず、男爵家からも追い出されてしまった。

それから彼女は必死で住み込みの働き先を見つけて働き出したが、そこで妊娠していることが分かる。

産むか悩んだが、子供に罪はないと産む決心をして、無事に男の子が誕生した。

その後も可愛い我が子のために必死で働いていたが、ある日再びアルビンゴスが現れた。

そして自分が彼女と子供を責任持って面倒を見ると言い、彼女と子供を新しい屋敷に連れていった。

そうして最近まで一緒に暮らしていて、残り二人の子供を身籠《みごも》ったのだ。しかし、程なくしてアルビンゴスが家に戻ってこなくなり、途方に暮れていた。

そんな彼女は体調を崩すことが多くなり、子供達の面倒を見るのも一苦労のところに——ユーミアスが現れて保護したのだ。

「アルビンゴス～！　シアは許しましぇんよ！」

「ママ、お願いだからあの男と離縁して頂戴！」

怒りを露わにするアレクシアとランゴンザレス。

「ユーミアスよ、お主はまだ若い。お願いじゃから幸せになっておくれ。じじいの願いだと思って聞いておくれ！」

「ユーミアスしゃん！　ポポ爺の最期の願いでしゅ！」

「おい、誰が最期じゃ！」

「ゴンちゃん、お義父様、アレクシアちゃん……私はこのウィークル魔公爵家が好きなのよ。皆が大好きなの。そういうことをして、この家に波風を立てたくはないわ」

しみじみと語るユーミアスだったが、ふと何かの気配を感じて、子供達を庇《かば》うような位置に移動する。

すると、地下の方から無表情のアルビンゴスがやって来て、ずかずかと部屋に入ってきた。

アルビンゴスを捕まえようと追ってきた傷だらけの兵士達に、ユーミアスは「後は大丈夫だ」と指示した。

ユーミアスがアルビンゴスに問いかける。

「……牢から逃げ出したの？」

「……」

アルビンゴスは何も言わずにただ立っている。

「何か様子が変でしゅよね？」

「ああ」

一同がアルビンゴスを訝しげに見ていると、何か感じたのかポーポトスが前に出てアルビンゴスに触れようとした。

「父……逃げて……くださ……」

アルビンゴスが絞り出すように言うと、また下を向いて黙った。

暫くすると、何事もなかったかのようにまた顔を上げた。

「ああ、ユーミアス！　誤解だ！　こいつらは俺の子じゃないんだ！　俺が愛しているのはユーミアスだけだ！」

突然そう言ってユーミアスを抱きしめようとするアルビンゴスだが、ランゴンザレスが前に現れて、アルビンゴスを睨みつける。

「この子達はあんたの子だろ！　どうしてそんな無責任なクズ野郎に成り下がったんだ！」

「何だと！　父親に向かってクズなんて言う奴はこの家にいらない！　出ていけ……」

「出ていくのはあんたよ！」

そう言ったのはユーミアスだった。彼女はアルビンゴスを思いっきりぶん殴った。

アルビンゴスは床に倒れて気絶してしまう。そこへあの兄妹が駆け寄り、アルビンゴスを心配し始めた。

「こんな男でも……この子達には父親なのよね……」

ユーミアスが頭を抱える中、ポーポトスは先程の苦しそうなアルビンゴスの姿を見て何か思うところがあったのか、アレクシアに尋ねる。

「アレクシアよ、〝寄生虫〟を使った呪術があるのを覚えているか？」

「寄生虫でしゅか？　……え、まさか！」

寄生虫と聞いて、アレクシアも気付いた。

「試してみたいが、子供には刺激が強すぎる。あの子達を別室に連れていっておくれ」

ポーポトスはそこまで言うと、メイド達に指示し、泣いている兄妹と赤子を別室に連れていかせた。

「シアも幼女でしゅよ！　虫は勘弁してくだしゃいな！」

アレクシアはそう言って逃げようとするが、ポーポトスにあっさり捕まる。

「アレクシア、お主は寄生虫を捕まえてくれ。ワシは魔法陣でアルビンゴスを拘束する」

「げぇー！　虫は苦手でしゅよ！　昔のトラウマでしゅ‼」

顔をしかめるアレクシア。

ポーポトスが説明する。

「アルビンゴスは寄生虫に体を乗っ取られている可能性がある。この寄生虫は厄介でのう。長い間寄生して宿主の意識を完全に乗っ取る上に、見つかりにくいんじゃよ」

「驚きまちたが、アルビンゴスはまだ意識を完璧に支配されていないみたいでしゅよ！」

「あの人が……寄生虫に支配されている？」

「誰かがアルビンゴスにかなり強い呪いをかけまちたね。そいつは後で捕まえるとして、まずは寄生虫を取り除かないとでしゅ！」

ポーポトスがアルビンゴスの周りに魔法陣を作ると、暴れ出すアルビンゴス。

そこへアレクシアが嫌々ながら呪いを解く魔法を発動する。

「うぅ……【呪解《じゅかい》】！」

すると、アルビンゴスは苦しそうにのたうち回り始める。

そして勢いよく大きな塊を吐き出した。

それは大きく成長した寄生虫で、ヌメヌメした芋虫のような緑の虫だった。

虫は苦しそうに蠢《うごめ》いていたが、ユーミアスが躊躇《ちゅうちょ》なく足で潰す。

アレクシアは気分が悪くなりルシアードに抱っこしてもらう。

「トラウマ確定でしゅ……」

そんな苦い顔をするアレクシアを、最強トリオが優しく慰める。

「うぅ……」

皆が倒れているアルビンゴスに注目していると、フラフラと起き上がった。

「うぅ……父上、ユーミアスそれにランゴンザレス。申し訳ない。俺の力不足でこのようなことになり……女性達にも謝って済むことではないと分かっています……うぅ……」

ふらつきながらそう言うアルビンゴスを、ランゴンザレスが支える。

「一体どうしてこんなことに……」

ユーミアスはそう呟き、こうなってしまった経緯について考えを巡らせた。

貴族では珍しく恋愛結婚だったユーミアスとアルビンゴス。

正義感が強く心優しいアルビンゴスが急に変わったのは、ランゴンザレスが生まれてすぐのことだった。

急に苦手なお酒を飲み始めて、次第に家に帰らなくなった。

そして、メイド達に手を出すという行為を繰り返すようになった。

ランゴンザレスやポーポトスがアリアナの死で塞ぎ込み始めてからは真面目に領主としての仕事をするようになりユーミアスも安心していたが、暫くするとまた突然家に帰らなくなり、今度はもっと酒を飲み、態度が悪くなっていった。

お義父様に相談したかったが、愛弟子の死を受け入れられずに別邸に閉じ籠ってしまっていたので、自分で解決するしかないと、ユーミアスは自ら愛人の元へ会いに行った。

そして、自分の専属メイドであったルミナの存在に行き当たる。

ただし何故かルミナは酷く痩せ細り、ベッドから起き上がれない程になっていた。

さらに子供が三人もいることに驚いたが、その子供達は栄養失調で衛生的にもろくでもない環境で生活していた。

放っておくことが出来なかったユーミアスは、ルミナ達家族をウィークル魔公爵家に連れてきたのだ。


「アルビンゴス、ルミナは隣の部屋で眠っているわ。愛してるんでしょう？　私のことはいいから離縁しまし……」

「あの女がいるのか！」

ルミナの名を聞いた途端、アルビンゴスの顔色が変わった。

「どうしたの？」

「あの女と……子供達は一緒にいるのか？」

「いいえ、別室で食事をとらせてるわ」

「良かった……あの女が……！　ルミナが私を……！」

そう言って悔しそうに泣き崩れたアルビンゴス。落ち着かせるために椅子に座らせて水を差し出すと、勢いよく飲み干す。

「アルビンゴスよ、何があったんじゃ？」

父親であるポーポトスの問いかけに、アルビンゴスは深呼吸すると静かに次のような内容を話し出した。


そもそもユーミアスに新しい専属メイドとして紹介されたのが、ルミナだった。

卒なく挨拶をしたが、ルミナはその日からしつこくまとわりつくようになった。そしてある日、ルミナから告白をされるが、アルビンゴスはきっぱりと断った。

その後、アルビンゴスが夜遅くまで仕事をしていた時に、彼女がやって来た。

今まで付きまとっていたことの詫びと、メイドを辞めるという報告に来たのだ。最後にお茶を勧められたが、嫌な予感がして断った。

すると彼女は突然豹変し、アルビンゴスに無理矢理飲ませた。

それからあの虫に寄生され、本能の赴くままに生きていた。

時々意識が戻る時があったものの、その記憶は断片的にしかない。そうしたことを繰り返す地獄のような日々だった。

アルビンゴスはそう言って口を閉じた。

「そんなことが……！」

驚いて言葉を失うランゴンザレス。ユーミアスは、涙を流して謝罪するアルビンゴスを抱きしめる。

「ごめんなさい……私も貴方を助けられなくて……ごめんなさい……」

それを聞いていたデズモンドは、ルミナを連れてくるよう指示する。


暫くして、ルミナがメイド達に支えられて部屋に入ってくる。

彼女は回復した様子のアルビンゴスを見て、血相を変えた。

「虫は！　虫はどうしたの？」

アルビンゴスの異変に気付いたルミナは酷く焦りながら、周りを見ることなく床を這《は》いずり虫を探している。

「虫はもういましぇんよ！　よくもあんな気持ち悪い虫を！　シアのトラウマ確定でしゅからお前を許しましぇん！　同情したのに！」

「む。落ち着け、アレクシア」

ルシアードに促されて深呼吸するアレクシア。

「ふぅ！　寄生虫を使った呪術なんて最悪でしゅね。この呪いはかなり強力だから反動で術者も体力が奪われていくんでしゅよ？　魔力があまりないあんたが使ったら、まぁこうなりましゅね？」

ルミナを見てアレクシアはそう吐き捨てる。

「そんな……！」

アレクシアの話を聞いてショックで崩れ落ちるルミナ。そこへユーミアスがやって来て、ルミナを見下ろす。

「アルビンゴスは私の夫よ！　今までもこれからもね！」

「違うわ！　彼は私のモノよ！　彼は私を何回も抱いてくれたわ！」

すぐさまアレクシアの耳を塞ぐルシアード。

「寄生虫が抱いたんだろ？　うげっ気持ち悪っ！」

ステラの言葉に皆が頷いた。

「違うわ！　違う！　彼は渡さないわよ！　絶対！」

ヤケクソになったルミナが何かを唱え出す。するとルミナの周りにあのヌメヌメした緑色の寄生虫がうじゃうじゃと現れ、アレクシア達に向かってきた。

「ぎゃあああ〜！　馬鹿ちんでしゅか！」

アレクシアは、近くにいたデズモンドによじ登り避難する。

それを見たルシアードが寄生虫に向けて手を翳《かざ》すと、寄生虫は一瞬で燃え上がり灰になる。

「む。アレクシア、虫はいないからもう降りろ」

「うぅ……もう嫌でしゅ……この虫女をちゅかまえて……」

「待ってください、ここは俺に任せてください！」

アルビンゴスは立ち上がり、ルミナの前まで行くと睨みつける。

「ああ、アルビンゴス！　もう帰りましょう？」

床を這いながらアルビンゴスに近付くルミナ。

「地獄で会おう」

だが、アルビンゴスは剣を取り出し、ルミナの心臓に突き刺す！


そしてルミナの亡骸《なきがら》は、すぐにメイド達によって処理された。

後に分かることだが、ルミナの身の上話は全て作り話であった。実家の男爵家も娘がこのようなことをしているとは知らずに、まだメイドとして働いていると思っていたのだ。

アルビンゴスが口を開く。

「ユーミアス……ランゴンザレス、それに父上。私はルミナ以外にも……あの双子は無事ですか！」

「ええ、無事よ。貴方のしたことは許されないけど寄生虫のせいだったのよね……儀式の時には貴方の意識が戻っていたから、例の双子が助かったのね」

ユーミアスは、ランゴンザレスからエリーゼ達の事件について報告を受けていた。

「ユーミアス……本当にすまない……」

「でもね！　貴方は昔から誰にでも優しすぎるのよ！　だからあんな勘違い女に隙を与えるのよ！　ちょっとここに座りなさい！」

ユーミアスに延々と説教されているアルビンゴスだが、何故か憑《つ》き物が落ちたように穏やかそうな顔をしていた。

「あれじゃあ、あまり変わらないでしゅね～」

「そうねぇ～……でも私達にも責任があるわ。気付いてあげられなかった……自分のことで精一杯で……」

落ち込むランゴンザレスを優しく慰めるアレクシアだが、後ろから最強トリオの恐ろしい視線が突き刺さるのであった。

5　ウィークル魔公爵家の過去と未来

話は遥《はる》か昔——まだアリアナが生きていた頃に遡《さかのぼ》る。

ウィークル魔公爵家のアルビンゴスは、サイラス魔侯爵家のユーミアス令嬢に恋をしていた。

その初恋は見事に実り、二人は結婚して、一人息子のランゴンザレスが生まれた。

だが、幸せはそう長く続かなかった。アルビンゴスはある日、メイド達の話を偶然聞いてしまったのだ。

それは、ユーミアスが父親であるポーポトスに密かに惚れているという内容だった。最初は馬鹿げていると気にも止めなかったが、次第に疑心暗鬼になっていく。

そんな気持ちを紛らわすために苦手だった酒に逃げるようになり、ユーミアスを避けるようになった。

本当はその時にちゃんと向き合っていれば良かったのだが、自分は偉大すぎる父上に到底及ばないという劣等感が邪魔していたのだ。

ユーミアスが父上と話しているのを見るだけで腸《はらわた》が煮えくり返り、酒に溺れて家に帰らなくなっていった。

他の女性との関係を匂わせて、ユーミアスの気を引くようなことを繰り返していたが、実は関係を持ったことなど一度もなかった。

そんなある日、いつものように朝帰りすると、ランゴンザレスが珍しく女性を連れてきたと屋敷中が大騒ぎになっていた。

それが、父上が唯一弟子として受け入れたというアリアナとの出会いだった。

「初めまして、私はアリアナと言います。貴方がランちゃんの父親の最低糞野郎ですね？」

「……は？」

「ポポ爺！　全くどういう教育をしてるの！」

「お主に言われたくないわい！　どうやったらお主みたいな破天荒《はてんこう》な娘になるんじゃ！」

「竜族のじじいに育てられたらよ！」

「ああ言えばこう言う！　この馬鹿ちんが！」

二人の話を聞いていると、アリアナは人族だが訳あって竜族に育てられたらしい。自分の父親であるポーポトスまでとは言わないが、膨大な魔力を持っているのはすぐに分かった。

それからアリアナは頻繁にウィークル魔公爵家に出入りするようになったが、会う度に彼女の美しい黒髪は次第に白髪になり、皺《しわ》が増えてどんどんと老いていった。

変わらず接しているが、ランゴンザレスと父親にはどこか焦りが見られた。


そしてある酷い嵐の日だった。

びしょ濡れで帰宅した息子ランゴザレスは今まで見たことのない暗い表情だった。そこで彼女、アリアナが死んだことを知った。

それからあんなに元気だった父親は研究室用の別邸に籠りっきりで塞ぎ込むようになり、息子のランゴンザレスも魔王宮での仕事に没頭して家にあまり帰らなくなった。

ここは自分がしっかりしないと。そう奮起して公爵家当主としての仕事を真面目にこなしていた時に、ユーミアスに紹介された専属メイドが、ルミナだった。

過去の自分は、偉大な父親に対する劣等感と、ユーミアスにもっと自分だけを見てもらいたいという歪んだ欲求で頭がいっぱいだった。

†

「馬鹿だな、拗《こじ》らせすぎだろ」

アルビンゴスの昔話を聞いて、デズモンドは吐き捨てるように言う。

「お前もだろ、馬鹿」

昔のデズモンドを思い出し、ステラはそう言って呆れている。

「…………」

睨み合う二人を無視して、美しい笑顔を浮かべながらアルビンゴスに近寄っていくユーミアス。

「ユーミア……」

「馬鹿野郎かー！」

ユーミアスはそう言って、アルビンゴスに向かってパンチを繰り出す。

ユーミアスの鉄拳がアルビンゴスの顔面にめり込むと、彼は鼻血を噴き出して倒れてしまった。

「独りよがりもいい加減にしなさいよ！　私は貴方が好きで結婚したのよ！　こんな顔面詐欺師みたいなジジイを好きなわけないでしょう！」

「おい、ユーミアス！　顔面詐欺師とはなんじゃ！」

悲しそうに叫ぶポーポトスの横で笑い転げるアレクシア。

「ママ、父上が気絶しちゃってるわよ？」

母親であるユーミアスの行動に若干引き気味のランゴンザレス。

すると、ユーミアスは皆に向かって頭を下げた。

「デズモンド魔国王陛下並びにステラ魔王妃、この度はウィークル魔公爵家のお見苦しいところをお見せしてしまい誠に申し訳ありません。アルビンゴスとはこれから話し合い、子供達を責任持って育てていくつもりです」

デズモンドは落ち着き払って答える。

「ユーミアス、この件は全てお前に任せているから俺は何も言わない」

「ありがとうございます」

ユーミアスは一礼すると、子供達が心配で様子を見に一度出ていった。

「はぁ、無事に解決して良かったでしゅよ」

「アレクシア、お前は昔からお前なんだな」

「父上、シアは今も昔も完璧美女でしゅよ！」

アレクシアはそう言ってドヤ顔をするのだった。


気絶したアルビンゴスをアーベルトがまたどこかへ引き摺っていき、やっと事が落ち着いたので、一同は別室に移動して食事を再開する。

「うぅ……シアはあの虫を思い出して食欲がありましぇん」

「あらあら、大丈夫～？　これからあんたの好きなデザートをたくさん用意してたんだけどしょうがないわね～」

「あれ、急に食欲が戻りまちた！　デザートカモーンでしゅ！」

そんなアレクシアを微笑ましく見つめる大人達。

「アレクシア、何で虫が苦手なんだ？」

「うぅ……昔あれと同じ寄生虫に襲われたんでしゅよ！　大量にうじゃうじゃと……ああ、思い出したくないでしゅ！」

「誰に襲われたんだ？」

ルシアードが尋ねると、ランゴンザレスが口を開いた。

「ああ、あんたをライバル視してたあの不気味な陰険女でしょう？」

ランゴンザレスがそう言って、昔を思い出して顔をしかめた。

「そうでしゅ。アルビンゴスと同じ呪術でしゅね。本当にトリシアには苦労しまちた……でもあの呪術は禁止されているはずでしゅよね？」

「トリシアが生きている時に、馬鹿な一部の魔貴族にこの呪術書が売られた可能性があるのう……」

そう言って考え込むポーポトスだが、デザートが運ばれてきたので話はここで終わった。

そしてデザートを嬉しそうに頬張るアレクシアの横で、ルシアードとゼストそれにデズモンドがアレクシアと寝る権利をかけた戦いを始めていた。

「馬鹿か」

そんな光景を見ていたステラが呆れて、吐き捨てるように言った。

「そういえば、白玉達がいましぇん！」

ケーキを四つ食べたあたりで、五匹の従魔達がいないことに気付いたアレクシア。

「庭で遊んでるんじゃないの～？」

「もしかしたら誰かに拐《さら》われたかもしれましぇん！」

「あの子達が～？」

ランゴンザレスはおかしそうに笑った。

アレクシアは白玉達を探そうと、ランゴンザレスに椅子から下ろしてもらったところ、ドアをノックする音が聞こえてアーベルトが戻ってきた。

その後ろから、探していた五匹の子犬従魔達がよちよちと入ってくる。

「あー！　白玉、黒蜜、みたらし、きなこ、あんこ～！　どこに行ってたんでしゅか～！」

『『『『主しゃま～！　見て見て！』』』』

そう言って五匹が嬉しそうに尻尾を振り、アレクシアの周りをぐるぐる回る。

よく見ると、毛並みが艶《つや》やかになり、それぞれ首に色違いのリボンを着けていた。さらに五匹からはフローラルな香りがする。

「おお〜！　もふもふ度が増してましゅ〜！　リボンも可愛いでしゅね！」

『『『『えっへん！』』』』

ドヤ顔の五匹達を抱きしめ、もふもふを堪能するアレクシア。

「すみません、メイド達が勝手にお風呂に入れたみたいでして、ブラッシングとそのリボンも彼女達がやったみたいです。申し訳ございません」

「何で謝るんでしゅか！　最高でしゅよ〜もふもふ〜！　メイド達にお礼を言っておいてくだしゃいな！」

嬉しそうなアレクシアを見て、アーベルトは笑顔で一礼すると部屋を出ていった。

五匹達はお腹が空いているのか、きゅるる〜と仲良くお腹の音で合唱している。

ランゴンザレスが笑いながらメイドに指示をすると、すぐさま大量の肉が運ばれてきた。

『うわ〜！　食べて良いでしゅか？』

目をキラキラさせる白玉達。

『『『『わーーい！』』』』

涎《よだれ》が止まらない五匹は勢いよく食べ始めた。

「あんた、この子達にブラッシングくらいはしないと駄目よ！」

「うぅ……そうでしゅね。こんなにもふもふになるならシアは頑張りましゅよ！　専用のブラシ用意しないと！」

アレクシアがルシアードに頼もうと横を見ると、最強トリオは真剣に話し合いをしていた。

だが、何故か近くにいるステラは呆れた顔をしている。

「魔国に来たんだ、アレクシアは俺と寝る。婚約してるんだ、何が悪いんだ？」

平然と言うデズモンド。

「デズモンド！　婚約者って言っても仮だからな！」

焦るゼスト。

「そうだ、それにアレクシアは父親である俺と寝るんだ」

堂々と宣言するルシアード。

「おい、なら俺だって育ての親だ！　一緒に寝る権利はあるぞ！」

そして再びゼスト。

無駄に殺気を放って言い争う最強トリオに呆れるアレクシア。

「何やってんでしゅか？　馬鹿ちんトリオ」

アレクシアの言い放った言葉を聞いてステラは吹き出す。

「ぶっ！　馬鹿ちんトリオって……ぶっ……良いわね！」

「「「…………」」」

「む。アレクシア、俺と寝るよな？」

クールなルシアード。

「いや、俺だよな！」

爽やかに言うゼスト。

「俺と寝るぞ」

強引なデズモンド。

魅力的な男達に取り合われるアレクシア、三歳。

「ランしゃん、黙ってくだしゃいよ」

「あら、声に出てた～？　アハハ！」

何か言いたげな視線を送るランゴザレスに文句を言ってから、アレクシアは告げる。

「シアはもう決めてましゅよ！」

「「「!!」」」

三人の間に緊張が走る。

アレクシアはよちよちと歩いていき、ある所で立ち止まる。

「この子達と寝ましゅ～！　もふもふパラダイしゅ～！」

『『『『わーーい！』』』』』

尻尾を振り喜ぶ五匹。

子犬に負けた最強トリオは落ち込み黙ってしまった。

そんな三人の気持ちを知ってか知らずか、アレクシアはもふもふパラダイスに溺れていた。

その時ふとポーポトスの頭に、考えたくない問題が浮かんだ。

アレクシアの寿命問題だ。

「アレクシアよ、ここにお座り」

「あい、ポポ爺」

席に促されて、ランゴンザレスに座らせてもらう。

「ワシはお前の寿命のことで話があるんじゃ」

「寿命でしゅか……」

アレクシアはあまり考えたくない問題に顔を曇らせる。

「かつて、お主がワシより老いていくのを見ているのは辛かったが、何も出来ずにいる自分にも腹が立っていたんじゃよ……」

当時を思い出して苦しそうに話すポーポトス。

「ポポ爺……」

「ワシはお主に黙って寿命を伸ばす方法をずっと研究してたんじゃよ。ランゴンザレスにも協力してもらっていたものの……あと少しで完成だったが間に合わなかったんじゃ……」

「知ってまちたよ。でも生きてきた四百年はとっても幸せでちたよ。じじいに拾ってもらって、皆と出会えて、冒険して……本当に楽しかったでしゅよ！」

嬉しそうに笑うアレクシアを見て、涙を流すゼストやポーポトス。

デズモンド、ステラ、ランゴンザレスも、アレクシアにそう言ってもらえて嬉しく思うが、当時のことを考えると複雑な気分になった。

再び彼女を先立たせるという悲しい思いをしたくないからだ。

五匹のもふもふ達もアレクシアの足元に行き、悲しそうに泣いていた。

「お主が死んでしまってからはやる気がなくなってしもうて研究を止めてたんじゃが、これから再開させるぞ！　事を早く済ませるためにデズモンド、研究費をよこすんじゃ！」

「ああ、いくらでも出そう」

ポーポトスとデズモンドはお互いに頷くと、合意の握手をする。

「あら〜！　これは奇跡よ！」

ランゴンザレスが驚いて拍手した。

仲が物凄く悪い大賢者ポーポトスと魔国王デズモンドの握手は、後に魔国の歴史でも重要なワンシーンとなる。

ステラも驚いて、持っていたナイフとフォークを同時に落とした。

「研究費……お金……いくらでも……」

「む。アレクシア、涎が出てるぞ」

「……父上、シアが長生きしたら嫌でしゅか？」

涎を拭いてあげているルシアードに、アレクシアが恐る恐る聞いた。

「そんなわけないだろう！　お前には末長く幸せに生きてほしい」

「ああ、父上!!」

「俺と一緒にな」

そしてルシアードは当たり前のように爆弾発言をする。

「俺も研究費をいくらでも払おう。国を息子に任せたらアレクシアと冒険に行くんだ。それが今の俺の夢だ」

「うぅ……父上……嬉しいでしゅ……けど冒険についてくる気でしゅか？」

「当たり前だ」

「俺も行くからな！」

ゼストも手を挙げてアピールする。

「妻が行くなら夫も行くだろう？」

デズモンドも嬉しそうに笑う。

「トリオでついてくる気でしゅか！」

頭を抱えるアレクシア。

「「トリオって言うな」」

「息ピッタリじゃないでしゅか！」

「あたしも行くわよ〜！」

ランゴンザレスも手を挙げる。

「もぐもぐ……私も行くよ！　……もぐ」

手を挙げているが、食べることを決してやめないステラに呆れるアレクシア。

すると、その横でおずおずと恥ずかしそうに手を挙げる人物がいる。

「……ポポ爺もでしゅか？」

「ワシだって弟子と冒険したいんじゃよ！」

「その頃にはもうポポ爺はお空に……」

「生きとるわ！　生きる！」

どんどん大所帯になっていく冒険メンバーに頭を抱えるアレクシア。

『『『主～！　我も～！』』』

「わーお！　良いでしゅよ！　ヨ～シヨシヨシ！　可愛いでしゅね～！」

「「「「何でだよ！」」」」

「この子達は苦楽をともにした大事な冒険仲間でしゅからね！」

『『『えっへん！』』』

胸を張るもふもふ達だが、あんこだけこてっと転んでしまいアレクシアが起き上がらせた。

「それに、一人一人が世界征服出来そうな馬鹿ちんレベルの強さなんでしゅよ！　デズモンド魔王は最後に立ちはだかる強大な敵にしようと思ったのに！」

そう言ってぷんすか怒るアレクシア。

「おい、魔国王だ」

冷静にツッコむデズモンド。


そんな会話をしていると、ドアがノックされユーミアスがアルビンゴスと愛人の子供達を連れてやって来た。そして最後に、ライザの後ろに隠れて、エリーゼの子で、アレクシアの姉でもある双子エメルとカヒルが恐る恐る入ってくる。

二人は手を繋ぎアレクシアの前にやって来たが、ライザの後ろに隠れてアレクシア達の様子を窺《うかが》っていた。

「ほら、あんた達！　言うことがあるでしょう？」

ライザが自分の後ろに隠れてしまった双子を前に出した。

「うん……アレクシア、エメルを助けてくれたんだよね。ありがとう。……今までごめんなさい」

「アレクシア、カヒルを助けてくれてありがとう。……意地悪してごめんなさい」

エメルとカヒルは涙を流しながらアレクシアに謝る。

それを見て、双子のあまりの変化に一同は驚きを隠せない。

「この子達を怒る人がいなかったのね。悪いことをしたら怒って、良いことをしたら思いっきり褒めてあげる。そんな当たり前のことを知らなかったこの子達もある意味被害者だね」

ライザはそう言って泣いている二人を抱きしめ、厳しい目でルシアードを見た。

「……確かに双子やドミニクに会おうとしなかった俺の責任でもある。エメル、カヒル、申し訳なかった」

素直に謝るルシアードを見た双子は、ブルブルと震えて泣き出してしまった。

「うわーーん！　父上が謝ってるー！　怖いよー！」

「うわーん！　この世の終わりだわー！」

「む。何でだ」

ルシアードが怖くてさらに泣いてしまう双子を、ライザは苦笑いしながら抱きしめる。

アレクシアはゼストに椅子から下ろしてもらうと、泣いているエメルとカヒルの手を握る。

「エメル姉上、カヒル姉上。シアはもう怒ってないでしゅよ。泣かないでくだしゃいな」

「すん……すん……この子達にも謝らせて……すん」

エメルが五匹達を見ながら言う。

そして双子は口を揃えて謝った。

「「痛いことしてごめんなさい」」

五匹はよちよちと双子の足元に行きすり寄る。

「ふふ、許すって言ってましゅよ！」

それからアレクシアは少し言いにくそうにしつつ、母親であるエリーゼの話題に触れることにした。

「エメル姉上、カヒル姉上……二人の母親なんでしゅが……」

「エメル、母上大嫌い！　ねぇ、カヒル？」

「うん！　母上大嫌い！」

二人はそう言ってライザに抱きついた。実の母親に殺されそうになったことがトラウマになっているのだ。

ルシアードはそんな二人にある提案をする。

「お前達、アウラードに帰らないか？」

しかし、二人は首を縦に振らない。

「エメル……ここにいる。ねぇカヒルもそうしたいでしょう？」

「うん。カヒルもライザやアーベルトと離れるの嫌！」

「……ん？　アーベルトもでしゅか？」

アレクシアが首を傾げて尋ねる。

「アレクシア様、聞こえていますよ？」

アレクシアを見て微笑むアーベルト。

「ヒイ！　冗談でしゅ！」

アレクシアは急いでデズモンドの後ろに避難した。

「エメル、将来アーベルトと結婚するの！」

「カヒルはエメルを応援するの！」

エメルは頬を染めて堂々と宣言して、カヒルが嬉しそうに拍手している。

ライザとユーミアスはそれを微笑ましく見ていた。

「ユーミアスしゃん、姉上達がお世話になって大丈夫でしゅか？」

「ええ、一人も二人も変わらないわ！　双子ちゃん、この子達のお姉さんとして面倒見てあげてね？」

ユーミアスはニコニコと笑いながら、自分にベッタリな三人の幼子を紹介する。

「この子の新しい名前は、レンゴンザレスよ」

〝グズ〟としか呼ばれていなかった男の子は、新しい名前が嬉しいのか小躍りし始める。

「ちょっと、ママ！　可哀想すぎるわ！　ゴンザレスはやめてあげてよ！」

ランゴンザレスが必死に訴えるが、本人はとても嬉しそうだ。アルビンゴスは苦い顔になっていたが。

だが、アレクシアやポーポトスは吹き出してしまう。

「何でゴンザレスって付けるんでしゅか……ぶっ！」

「ユーミアスのネーミングセンスは恐ろしいのぅ……ぶっ！」

そんな二人を気にすることなく、次の兄妹の紹介を進めるユーミアス。

「この子はロイでこの子はピポ。でも赤ちゃんの名前がないみたいなのよ。だからこの子はロンゴンザレスよ！」

それを聞いてランゴンザレスは崩れ落ちるが、当の本人である赤子は嬉しそうにキャッキャと笑っていた。

その後、何故か羨ましそうにしていたロイにも、ユーミアスが〝ボンゴンザレス〟と名付けた。

「ぶっ！　ゴンザレス四兄弟が誕生でしゅね！」

アレクシアの言葉に、その場は皆が笑いに包まれたのだった。

6　もう寝ます、また明日。

それから皆で談笑をして、数時間が経過した。

「シア、幼女なので眠いでしゅ……」

いつの間にか外は夜になっており、アレクシアが寝る時間になっていた。

「もう寝るの？　だったら部屋を用意するわ。着替えも用意してあげるから、安心しなさい」

ランゴンザレスは眠そうなアレクシアを見てそう言うと、部屋で控えていたメイドに指示をした。

ルシアードが目を擦りながらフラフラしているアレクシアを支える。

その光景を見ていたエメルは、カヒルと目配せをした。そして二人でアーベルトに近付いていく。

「うう……エメルも眠い〜」

エメルはそう言いながらアーベルトの方にフラフラしていき、途中で誰かにぶつかる。その人物を見たエメルは恐怖で固まってしまった。

アルビンゴスである。

「ああ、貴方は双子ちゃんにとって恐怖の対象なのよ！」

「助けたのは俺だぞ!?」

ユーミアスがエメルとカヒルを抱きしめながら、アルビンゴスを怒る。

「あの時は怖かったね、カヒル」

「うん。あの時は死んだと思ったよね、エメル」

二人は当時の恐怖を思い出して励まし合った。それを見ていた子供達が周りに集まってきて慰める。

「うちの父がしゅみましぇん……」

レンゴンザレスが深々と頭を下げ、ホンゴンザレスとピポも真似をして頭を下げる。

「「しゅみましぇん……」」

赤子である末っ子のロンゴンザレスは、アルビンゴスに向かって怒っている。

「たあ！」

アルビンゴスは双子に向かって謝罪の言葉をかける。

「お前達……怖がらせて悪かったな」

するとカヒルとエメルは顔を見合わせてから、アルビンゴスに向き直って言った。

「この子達に免じて貴方を許すわ、ねぇカヒル」

「そうね、エメル」

その後、双子と子供達、そしてユーミアスとアルビンゴスは、皆に挨拶して部屋を出ていった。

「シアは五匹達と寝ましゅから、お休みなちゃい……」

そう言って、欠伸《あくび》をしたままフラフラと歩いていくアレクシアと、その後ろから当たり前のようについていくルシアードとゼスト、それにデズモンド。

「……何でしゅか？　シアはこの子達と寝るんでしゅから、三人で仲良く寝てくだしゃいな！」

アレクシアが拒否すると、三人は声を合わせて叫んだ。

「「「何でだ！」」」

「本当に仲良しでしゅね、息ピッタリでしゅよ」

その光景を見て、ポーポトスとステラは腹を抱えて笑っている。

「部屋の前まで送っていく」

ルシアードが代表して宣言した。

「……分かりまちたよ！」

アレクシアの許可が下りて喜ぶ最強トリオに、ランゴンザレスは呆れていた。

こうしてアレクシアは最強トリオに囲まれながら部屋の前までやって来たのだが、その三人は寂しい子犬のような目で見ている。

「もう！　自分達の部屋に戻ってくだしゃい！」

アレクシアはそう言って、容赦なく五匹と部屋に入ろうとする。が……ドアノブに手が届かなかった。

「……すみましぇんが、部屋に戻る前にドアを開けてくだしゃい！　シアが部屋に入れましぇんよ！」

その言葉に、デズモンドは笑いながらドアを開けた。

「どうぞ、お嬢さん」

アレクシアはデズモンドの言葉を受けて、照れくさそうに部屋に入っていった。

「おい、馴《な》れ馴れしくするな」

そんな二人を見て、ルシアードが牽制する。

「そうだぞ！」

ゼストも怒っている。

そんなふうにして三人はワイワイ言い合いながら、各自の部屋に戻っていった。

アレクシアは、その様子をドアの隙間から覗き見していた。

「やっぱり仲良しでしゅね！」

それからアレクシアは、五匹の従魔とともにふかふかの大きいベッドによじ登り、横になった。

少ししてアレクシアを風呂に入れようとメイドがやって来たが、風呂は自分で入ると丁重に断った。

「早く入らないとでしゅ！　眠さがピークでしゅよ！」

アレクシアはそう言うと急いでお風呂に入り、置いてあった寝間着に着替えて、またもベッドに一生懸命よじ登る。

「気持ち良いでしゅ〜！」

そこへ、アレクシアがお風呂から出てくるのを持っていた五匹がベッドに登ってくる。

「じゃあ、お休みなしゃい……」

『『『『お休みなちゃい、主しゃま！』』』』

こうして、アレクシアの濃すぎる一日が終わったのだった。


その日の夜、ルシアードはロインに秘密裏に手紙を送った。

内容は、母親であるプリシラに関することだ。

今まで自分に関心を寄せてこなかった母親が、かけがえのない大切な愛娘アレクシアを狙うことに酷く憤っていた。

ルシアードは母親を手にかけることになっても、この事件を解決させると改めて誓ったのだった。

7　狩りに行きますか！

翌日、目を覚ましたアレクシアは、ランゴンザレスが用意した水色の上品なワンピースに着替える。

そして、ドアから不審な気配を感じたのでよちよちと近付いていった。

「誰でしゅか？　兵を呼んで拘束しましゅよ！」

アレクシアがドアに向かってそう言うと、聞き覚えのある声が応える。

「ぶっ！　魔国国王の俺をか？」

デズモンドの笑い交じりの声のあと、ルシアードの冷静な声が続く。

「アレクシア、父親だぞ？」

「おい、寝すぎだぞ！」

ゼストの元気すぎる声も聞こえた。

「証拠はあるんでしゅか？　最強ト……不審者どもめ！」

「「今、最強トリオって言おうとしたな？」」

「おお～！　息ピッタリでしゅ！　間違いなくデズモンドと父上とじじいでしゅね！」

「何か腑に落ちない。こいつに遊ばれてるぞ、俺達」

ゼストは怒気を孕《はら》んだ声でそう言いながらドアを開ける。

そこには、水色のワンピースを着た可愛らしいアレクシアが立っていた。ゼストは娘のあまりの可愛さに、怒りがすぐに収まりデレデレになった。

ルシアードは愛娘を思わず抱きしめて、しみじみと言う。

「おはよう、アレクシア。今日も可愛いな」

「父上、おはようございましゅ。じじいもデズモンドもおはようございましゅ！」

「ああ、おはよう。まぁ、馬子《まご》にも衣装だな！」

「失礼なじじいでしゅね！」

ぷんすか怒るアレクシア。

「おはよう、アレクシア。相変わらず可愛いな、昔と変わらない」

デズモンドは煌めく笑顔を向ける。

「うぅ！　眩《まぶ》しいでしゅね！」

「相変わらずの天然タラシだな」

ゼストはそんなデズモンドに呆れた。

賑やかな四人の元へ、従魔達が尻尾を振りながら近付いてきた。

『主しゃま〜！　今日は白玉達とあしょんで〜！』

『『『遊んでーー！』』』

「うん、いいでしゅよ！　今日は狩りに行こうと思っていたんでしゅ！」

アレクシアと戯れる従魔達に、ほんわかしていた最強トリオの顔色が変わる。

「おい、これから魔王宮に行くんだろ?」

真剣な顔で聞いてくるデズモンドに、アレクシアは明るく答える。

「デズモンド、その前に狩りをしましゅよ!」

「まさか〝魔瘴《ましょう》の森《もり》〟か?」

そう言って、呆れるデズモンド。

魔瘴の森とは、魔国の北部にある瘴気《しょうき》に覆われた森で、多数の魔物が生息している危険な地帯である。

「そうでしゅよ! 父上もじじいも行きましゅよね? 勝負でしゅよ!」

「ああ、お前の行く所にどこでもついていくぞ?」

自信たっぷりに答えるルシアードに、アレクシアは若干の恐怖を覚える。

「父上、ちょっと怖いでしゅね」

「む。そうか?」

「俺も行くが、魔瘴の森かぁ! 久しぶりだな!」

ゼスト元気な声でそう言った。

「おい、あそこの森には邪悪竜《じゃあくりゅう》ウロボロスがいるんだぞ? ウロボロスに会っても大丈夫なのか? 魔力を解放して、お前の居場所がバレているだろう今、ウロボロスがここに来ていないことが不思議なくらいなのに」

「来てないってことは、バレてないってことでしゅよ！」

ウロボロスはゼストと違い禍々しいオーラを放つ巨大な漆黒竜で、魔瘴の森を抜けた〝穢《けが》れ山《やま》〟に棲《す》み処《か》がある。

そこは魔瘴の森の中でも特に強い瘴気に覆われているため、デズモンドやポーポトス等のごく一部の力ある者しか入れないのだ。

ちなみにゼストはウロボロスと旧知の仲で、デズモンドはウロボロスの元で修業をしていたという過去がある。

本気で心配しているデズモンドを見たゼストが、アレクシアを訝しげに見る。

「お前、ウロボロスに何かしたのか？」

「別に～！」

ゼストの質問に、アレクシアは目を泳がせる。

デズモンドはため息を吐いてから口を開いた。

「アレクシア。お前、ウロボロスの宝石を盗んだろ？」

「はぁ？　馬鹿ちんでしゅか？　そんなことしてまちぇんよ！」

否定するアレクシアに対し、デズモンドは落ち着き払って返す。

「宝石を失って、怒り狂ったウロボロスを説得したのは誰だ？」

「……当時の魔国王太子でしゅ」

「そうだ、この俺だ」

そんな二人のやり取りを聞いて、ゼストは呆れている。

「ウロボロスを怒らせるとは、この馬鹿娘！」

「……ウロボロスっていうのは、魔王が儀式で降臨させたという世界を滅ぼす竜のことか？　神話だと思っていたが……」

ルシアードはさすがに驚きを隠せない。

『ウロボロスはとっても怒りんぼうなんでしゅよ～』

みたらしがそう言うと、他の四匹も頷いている。

「とにかく、狩りには行きましゅよ！　ウロボロスに見つからないように、魔力を出さずに行けばいいんでしゅよ！」

「分かった。昨日の魔力解放で気付かれていると思うから俺も行く」

デズモンドは惨事にならないようにと、説得役でついていくことにした。

こうしてアレクシアと五匹、そして最強トリオは魔瘴の森へ狩りに行くことになった。

狩りに行くことが決まったあと、アレクシアと従魔達、最強トリオは朝食が用意されている部屋へ向かった。

その場には、ステラとランゴンザレス、それにポーポトスがいたが、ユーミアスとアルビンゴス、それに子供達がいなかった。

ランゴンザレスの話によると、子供達の中には夜泣きが酷い子が多いので、そちらの世話に追われているとのことだった。

「子供達大丈夫でしゅかね……」

アレクシアは心配そうに呟くと、ランゴンザレスが明るく答えた。

「きっと大丈夫よ。私にとっても可愛い弟や妹達ですもの、ママやパパそして私も協力するわ！」

アレクシアは、ランゴンザレスがアルビンゴスのことをパパ呼びしたことを嬉しく感じた。

そして、まだ時間はかかると思うが、少しずつ関係が修復していくことを願った。

その後、今からアレクシア達が狩りに行くという話になる。

それを聞いて、黙ってないのが魔国王妃ステラだ。

「狩りだって！　私も行くわよ！　何が何でも行くわよ！」

「……でしゅよね～」

アレクシアが諦め気味にそう言うと、ポーポトスも口を開く。

「ワシも行くぞ」

「ポポ爺も行くんでしゅか？　こんなに大人数で行ったらウロボロスにバレちゃいましゅよ！」

「ウロボロス？　あやつはもうお主がここにいることを知っているはずじゃぞ？　お主がエリーゼを成敗するとき、魔力を解放したじゃろう？」

「……じゃあ何でシアの所へ会いに来ないんでしゅか？」

「本人に聞けば良いんじゃないかのう？」

ポーポトスはそう言って、窓の外をチラリと見る。

アレクシアがポーポトスの見た方向を確認すると、小さな黒い物体がスッと隠れるのが見えた。

8　邪悪竜の登場

黒い物体を見たアレクシアは、よちよちと歩いて窓に近付いていく。

窓まで到着したアレクシアが窓を開けようとしたが、全然届かない。

それを見て空気を読んだランゴンザレスが横から窓を開ける。

「うぅ……ありがとうでしゅ、ランしゃん」

「うふふ、良いのよ。やっぱりちっちゃくて可愛いわね〜」

「ちっちゃいって言わないでくだしゃいな！」

アレクシアがそう反論しながら辺りを見回すと、窓のすぐ横の壁に張り付いている黒い物体とバッチリ目が合った。

「…………」

『…………』

その物体に見覚えがあったアレクシアは黙り込む。

「おい、見つめ合うな」

沈黙が続いたが、ルシアードの不機嫌な声でアレクシアはハッとなって口を開く。

「ウロボロス、何してるんでしゅか？」

『お……お前はアリアナなのか？』

小さな黒いドラゴン――ウロボロスは、アレクシアに恐る恐る聞いた。

それを受けて、アレクシアはウロボロスの頭を撫でながら答える。

「そうでしゅよ。久しぶりでしゅね、元気にしてまちたか？」

アレクシアに頭を撫でられたウロボロスは、その美しい深紅の瞳から大粒の涙を溢れさせる。

目の前の小さなドラゴンがウロボロスだと判明すると、デズモンドやステラ、それにランゴンザレス、その場にいるメイド達までもが跪《ひざまず》いた。

ポーポトスだけは静かに微笑んでいる。

『アリアナ……うぅ……お前転生したのか？』

「あい。今はアレクシアっていいましゅ！　ウロボロスは何て言うか……縮みまちたね？」

『これは魔力をコントロールして体を縮小させたんだ！　普段の姿で森から出たら魔国民に騒がれるからな！』

ルシアードはウロボロスに驚きつつも警戒し始める。

「アレクシア、その竜から離れてこっちに来なさい」

「父上、大丈夫でしゅよ」

アレクシアはそう言ってウロボロスの顔をツンツンする。

『おい、ツンツンするな！　そこのお前も、父親なら止めろ！』

ぷんすか怒るウロボロスだが、その顔は嬉しそうだった。

跪《ひざまず》いていたデズモンドがウロボロスに声をかける。

「ウロボロスよ、お久しぶりでございます」

『ああ、久しいな。アリアナが死んでから交流もなくなっていたな』

「ええ、申し訳ございません。師でもあるあなたに会いに行くこともせずに、悲しみに浸《ひた》っておりました。彼女の死があまりにも急だったので心の準備が出来す……」

デズモンドは顔を曇らせ、震える声で当時のことを話す。

『気にするな。俺も同じようなものだからな』

「……もう良いでしゅから！　皆で狩りに行きましゅよ〜！」

暗い雰囲気に耐えられなくなったアレクシアが明るく振る舞う。

『……そういえば、お前、俺の〝漆黒のダイヤモンド〟を盗んだだろ！　あれをどこにやったんだ！』

「……えっ？　知りましぇんよ？」

ウロボロスに問い詰められて、アレクシアは目を泳がせる。

『相変わらず分かりやすいな、お前』

そんなアレクシアを見て、ウロボロスは呆れる。

ウロボロスが漆黒のダイヤモンドと言っているそれは、魔国の人々が〝破滅の秘宝〟とも呼んでいる、吸い込まれそうな程の黒さを持った宝石である。

「当時はもう終わったと思ったぞ」

デズモンドが当時を振り返りため息を吐く。

『魔国王は悪くない。悪いのはアリアナとその仲間達だからな！　随分小さくなったな、お前達！』

ウロボロスはそう言って、アレクシアの足元にいる五匹の子犬従魔達を見た。

『え～？　白玉は主しゃまを止めたよ～？』

『黒蜜もでしゅ！』

『みたらしも～！』

『きなこは……多分止めまちた！』

『あんこは……止めた？』

『おい最後の奴、疑問系だったぞ！』

ぷんすか怒るウロボロス。

「ウロボロス、うちの馬鹿娘がすまないな」

ゼストが申し訳なさそうにウロボロスへ謝罪する。

『黄金竜ゼスト、久しぶりです。挨拶が遅れて申し訳ない。ポーポトス、お前も久しいな』

「ウロボロスよ、久しいな」

「……じじい達は話が長いでしゅから先に行きましゅよ」

『『『『あい！』』』』

アレクシアと五匹は、ウロボロスが会話している隙に出ていこうとしたが、後ろから痛い程の視線を感じ、動きを止める。

『おい、何逃げようとしているんだ？　宝石の在《あ》り処《か》を言え！　それと、誰がじじいだ！』

「じゃあ、ウロボロスの棲み処に行って良いでしゅか？　落ちてる鱗でもくれたら教えてあげましゅよ！」

「む。アレクシア、そんなことをしたら駄目だぞ？」

ルシアードが反対すると、ウロボロスはルシアードに感心した。

『おっ、良いこと言うな！　まともそうな父親じゃ……』

「瘴気が濃いんだ、危ないから俺が取ってきてやる」

それを聞いたウロボロスはルシアードの予想外の言葉に、固まってしまったのだった。

『おい、こいつ今、何て言った？　俺が取ってくるって聞こえたんだが、聞き間違いだよな？』

ルシアードが放った信じられない言葉に、ウロボロスは唖然とする。

「ウロボロス様、この子の父親ですよ？　普通じゃないに決まっていますわ」

ランゴンザレスの言葉に周りも肯定するように頷いていている。

「む。失礼な奴らだな」

「そうでしゅよ！　父上とシアを一緒にしないでくだしゃいな！」

愛娘に「一緒にしないで」と言われ、急に複雑な気持ちになったルシアードであった。

第三章　アレクシアと魔障の森

1　魔障の森へ出発します！

ウィークル魔公爵家から魔障の森の入り口まで歩いていきたかったアレクシアだが、魔国の超大物達が勢揃いしているため、仕方なく転移魔法で移動することになった。

「デズモンド、お願いしましゅ」

「ああ」

アレクシアは平然とお願いしているが、相手は魔国の国王だ。

周りは苦笑いしながらも、当のデズモンド本人が喜んでいるのであえて何も言わない。

そんな二人の阿吽《あうん》の呼吸を見て、ルシアードとゼストは面白くなさそうな顔をする。

「気に入らんな」

ルシアードはデズモンドを睨みつける。

「俺もだ。鱗で釣るか……」

考え込んでついに自らの鱗を与えようとするゼスト。

アレクシアはそんな父親達を無視して、足元で尻尾を振る白玉を頭に乗せ、黒蜜とみたらしを小脇に抱え、きなことあんこを両肩に乗せる。

ランゴンザレスはそれを見て大笑いした。

「大荷物ね～！」

アレクシアとの狩りが楽しみで元気な五匹は声を揃えて言う。

『『『『『出発でしゅよ～！』』』』』

「うぅ……重いでしゅ……」

そうして苦しみの声を上げながら、デズモンドの魔法によってアレクシアは魔瘴の森の入り口へと出発したのだった。


到着した魔瘴の森は、入り口からでも分かる程不気味な静けさで、来る者を拒むように不気味な霧が立ち込めていた。

アレクシアは皆に向けて宣言する。

「皆しゃん、ここからはライバルでしゅよ！　二時間後にここに集合でしゅからね！　一番強い魔物を狩った人が優勝で、優勝したら、参加者から欲しいものを貰えることにしましゅ！」

その宣言を受けて、ランゴンザレスが手を挙げる。

「じゃあ私は審査員をするわね」

「分かりまちた。じゃあランしゃんはここで待機して、皆の帰りを待っていてくだしゃい！　狩りを終えた人はここに戻ってきて、獲物をランしゃんに見せるんでしゅよ！」

ステラは愛剣を掲げて大声で意気込む。

「私が優勝するわ！　絶対アリアナに勝つわよ！」

「だからアレクシアでしゅよ！」

皆が各々準備をしている中、ウロボロスはパタパタとアレクシアの周りを飛んでいる。

「もう！　何でしゅか！　ウロボロス、邪魔するなら狩りましゅよ！　そうしたらシアは優勝でしゅね……」

『おい！　俺を狩ろうとするな！　お前が言うと冗談に聞こえないんだよ！』

ウロボロスはそう言ってデズモンドの後ろに避難する。

ステラはそんな騒動を一切気にせずに、我先にと森に入っていった。

ポーポトスとゼストは仲良く話をしている。

「おじいちゃん達～！　狩りに来たんでしゅよ！」

パンパンと手を叩きながら、二人を森へ追いやるアレクシア。

「「おじいちゃんって言うんじゃない！」」

二人はそう言いながらも、森に入っていった。

ラングンザレスは審査員として入り口で待機することになったので、持ってきていたピンクのフリル付きエプロンを着け、特注であるピンクのテントを亜空間から出してお茶の準備をしている。

「うぅ……チカチカしましゅね」

目の前がピンクづくしになっていくのを見て、アレクシアは目をパチパチさせる。

「む。アレクシア、気を付けるんだぞ？　もしお前に何かあったら……」

「ハイハイ。父上、こっちでしゅよ～！」

『『『『こっちでしゅ～！』』』』

心配するルシアードも気にせずに森へ追いやるアレクシアと五匹の子犬従魔達。

そして残っていたデズモンドがおもむろにアレクシアに近付いてくる。

「もし俺が優勝したらお前の一日を貰うからな？」

デズモンドは自信満々とアレクシアに宣言する。

「ん？　どこかで聞いたセリフでしゅね……」

首を傾げるアレクシアだが、許可する前にデズモンドは森へ入っていった。

「…………」

『…………』

沈黙が暫く続いたが、アレクシアが口を開く。

「ウロボロスはどうするんでしゅか？」

『俺は参加しないが、お前についていくぞ！　一番の危険人物だからな！』

そう言ってアレクシアの頭に乗ったウロボロスはどこか嬉しそうだ。

「邪魔しないでくだしゃいよ？」

アレクシアはウロボロスをジト目で見る。

『ああ！』

ウロボロスは元気よく返事する。

アレクシアは五匹とウロボロスを連れて、いよいよ魔瘴の森へと入ろうとする。

ところが、アレクシアは五匹やウロボロスとともに森の入り口直前で止まると、準備運動を始めた。

「体をほぐしましゅよ～」

アレクシアはそう言って屈伸や伸脚、背伸びをする。

『『『『はーーい！』』』』

元気よく返事した五匹はアレクシアの真似をしようとするが、小さいので思うように体が動かずコロコロと転がってしまう。

それを微笑ましく見ているピンク一色のランゴンザレス。

「さぁ、これを被りなさい！」

ランゴンザレスはピンクのリボンが付いた麦わら帽子をアレクシアに被せる。

「うーん、派手でしゅね……」

アレクシアはそう言いながらも、嬉しそうにランゴンザレスに手を振り今度こそ森に入っていくのだった。

†

五匹の従魔達に、魔物と出会った時の作戦を伝えながら、アレクシアは森の中を進んでいく。

森は霧に包まれていて非常に歩きづらく、所々で狩りに参加している者達の方からの爆発音が鳴り響いていた。

アレクシアと五匹の従魔、ウロボロスは近くでえげつない魔力を放つ人物達に気付き、身を隠そうとする。

「隠れましゅよ！」

アレクシアの指示に五匹は元気に返事をする。

『『『『『あい！』』』』』

アレクシアは従魔、ウロボロスとともに草むらから様子を見る。

『相変わらず凄まじいな』

ウロボロスはその人物達を見て苦笑いした。

そこには、魔オークエンペラーを瞬殺しているおじいちゃんズ――ゼストとポーポトスがいた。

魔オークエンペラーは通常の魔オークよりも体格が大きく力が強い個体だ。主に普通の魔オークを従えている。

「ふむ、あまり手応えがないのう～」

ポーポトスは辺りを見回すが、残っていた魔オーク達はエンペラーが一瞬で殺《や》られてしまい、恐怖で一目散に逃げていった。

一緒にいたゼストも見合う相手がいないので欠伸《あくび》をしている。

「魔オークエンペラーでしゅか……凄いでしゅね」

『美味しそうでしゅ、主しゃま！』

『最高級でしゅよ！』

白玉と黒蜜は涎をダラダラ流している。

「おい、そこにいるちんちくりんども！　出てこい！」

ゼストは隠れているアレクシア達に気付いて声をかけた。

「誰がちんちくりんでしゅか！　おじいちゃんズめ！」

「アレクシア。どうじゃ？　魔オークエンペラーじゃぞ！」

「ふ……ふん！　シアはもっと凄いものを狩りまちたよ！」

ポーポトスに狩ったばかりの魔オークエンペラーを見せられ、焦ったアレクシアは咄嗟に嘘をついてしまう。

「おお、そうか！　ワシも頑張らないとな！」

「ポポ爺。お年寄りなんでしゅから、戻って休んでいてくだしゃいな。シアは心配でしゅよ。確か腰が悪かったじゃないでしゅか……」

ポーポトスにこれ以上狩りをさせたくないアレクシアは、わざとポーポトスを心配する言葉をかける。

「お主、ワシの腰痛を覚えていてくれたのかい……うぅ……」

「そうでしゅよ！　師匠のことを忘れるわけないでしゅ！　だからもう狩りはやめましょう！」

そんなやり取りをする二人を、ゼストとウロボロスは冷めた目で見ていた。

ポーポトスの腰痛の原因は無茶ばかりする弟子のアリアナだったりするが、アレクシアはそのことにはあえて触れない。

「この子が心配してくれるし、ワシはもう戻ろうかのう」

「大丈夫でしゅか？　シアが送っていきましゅよ？」

「優しいのう～！　大丈夫じゃからお主も頑張るんじゃぞ？」

ポーポトスはそう言ってアレクシアの頭を優しく撫でる。その後、巨体の魔オークエンペラーを片手で持ち上げ、亜空間に収納すると、森の入り口の方へ歩いていった。

「フフ……ライバルが一人減りまちたよ」

アレクシアはほくそ笑む。

『『『『さすが主しゃま！』』』』

「お前なぁ……」

ゼストがアレクシアを説教しようとしたが、思いもよらない言葉が返ってきた。

「じじいは失格でしゅ！」

「何でだよ！」

「じじいはかなり強いでしゅ！　この森の生態系に影響を及ぼす恐れがありましゅから、失格！」

『『『『失格〜！』』』』

ゼストは何も分かっていない楽しそうな五匹をジト目で見ると、五匹はすぐにアレクシアの後ろに隠れた。

『ゼスト殿は確かに強いからな』

ウロボロスもアレクシアに頷いている。

「ほら〜！　ウロボロスもそう言ってましゅ〜！　強いのはダメでしゅよ！　はい、入り口へご案内でしゅよ〜！」

アレクシアはゼストの腕を引っ張るが、ゼストはびくともしない。

五匹もアレクシアを手伝い一生懸命引っ張るが、やはり少しも動かなかった。

「俺は優勝するんだ。優勝してお前とゆっくり話す時間が欲しい。昔はゆっくり話せなかったからな」

ゼストは昔を思い出して寂しそうに言った。

アレクシアは驚いたようにゼストを見て、そして黙ってしまった。

気まずい沈黙が続く中、魔物の気配を感じたアレクシアが後ろを振り向くと、コカトリスが涎をダラダラ流しながらこちらに向かってきていた。

「さぁ、シアの言った通りにやってくだしゃいな！」

『『『いくよーー！』』』

アレクシアの命令を受けて、ケルベロス——みたらしときなことあんこが、意気揚々と前に出ていき、アレクシアが考えた口上を述べ始める。

『正義のみたらし！』

『勇気のきなこ！』

『平和のあんこ！』

そして一呼吸いてから一斉に口を開いた。

『『『三匹揃ってさぁへんしーん！』』』

言い終わるや否や三匹は光り出して、みるみる大きくなって合体し、元の巨大なケルベロスに戻った。

アレクシアはその光景を満足そうに見守っている。

『……格好いい』

三匹を見て自分もやりたいと思ってしまったウロボロスはそんな声を漏らす。

ケルベロスは変身の掛け声で元の巨大な姿に戻ったと同時に、抑えていた魔力を解放した。

すると、コカトリスはブルブルと震え出す。

そのまま逃げようとするコカトリスだったが、ケルベロスに瞬く間に蹂躙《じゅうりん》される。

「こいつらえげつないな。何が正義と勇気と平和だよ……」

そんなケルベロスを見て呆れるゼスト。

「うーん、悪意と悪意と悪意って感じでしゅね」

掛け声を考えた張本人アレクシアも苦笑いしながら見守っていた。

『いけーーでしゅ！』

白玉は尻尾を振りながら一生懸命にケルベロスを応援している。

『我も変身したいでしゅ〜』

黒蜜はアレクシアの足元をカリカリしてそう訴える。

最終的にコカトリスは、原形を留めない程に無惨《むざん》に散らばった。

「やりすぎでしゅよ！　これじゃあ何の魔物か分かりましぇんよ！」

アレクシアがそう怒ると、ケルベロスは動きを止め、三匹の子犬に戻る。

『『『ごめんなしゃい……』』』

しゅんとしてそう謝る三匹を見て、アレクシアの怒りは消えてしまう。

「うぅ……可愛いでしゅね……やってしまったことはしょうがないでしゅ！　次からは気を付けてくだしゃい！　もっと大物を狙うために、奥まで行きましゅよ！」

アレクシアの手のひら返しを見て、ゼストは思わず笑ってしまう。

「何笑ってるんでしゅか？　ついにボケ始めたんでしゅか？」

アレクシアは一人で笑っているゼストを見て心配する。

「ボケてない！　ほら行くんだろ？」

そう言って全員で歩き始めた時、近くで爆発音が響いた。

「この音は！」


アレクシア達が急いでその方向へ向かっていくと、そこには凄まじい光景が広がっていた。

息絶える巨大な魔氷狼《まひょうろう》――氷属性の魔力を宿した狼の魔物の大群である。それを見下ろす男が、愛しい者の気配を感じて振り返る。

「アレクシア、怪我はないか？」

絶対的な強者の風格を漂わせたルシアードは、よちよちとやって来たアレクシアを愛おしそうに抱っこして怪我がないか確認した。

ウロボロスは驚いた表情でルシアードを見つめる。

『魔氷狼の群れが……本当に人族なのか……？　ゼスト殿、あの者は一体？』

ウロボロスにそう聞かれたゼストが答える。

「ああ、親馬鹿の化け物で人族達の長だ」

「む。それはお前も同じだろう」

ルシアードはゼストの発言に異議を唱える。そんなルシアードの言葉に、アレクシアと五匹も頷いている。

「父上、魔氷狼は凄い魔物でしゅよ！　これだけ倒したなら、絶対に優勝でしゅね～」

アレクシアは感動したようにルシアードを褒めちぎった。

そんなアレクシアを、ゼストとウロボロスはジト目で見ている。

「む。対戦相手は化け物揃いだ。こんな雑魚では優勝出来ない。アレクシア、待っていてくれ。優勝したら俺の一日をお前にやるからな」

「いりましぇんよ！　馬鹿ちんでしゅか！」

当たり前のように言うルシアードに、ぷんすか怒るアレクシア。

「照れているのか？　そうか、そんなに嬉しいか！」

「話が通じましぇんよ、このおたんこなしゅ！」

そう言って何故か喜んでいるルシアードを、アレクシアはぽかぽか殴る。

『『『『おたんこなしゅ～！』』』』

「ああ？」

アレクシアに便乗した五匹を、ルシアードは睨みつけた。

『『『『すいませんでちた！　調子に乗りまちた！』』』』

すると、五匹は綺麗に横並びになって腹を見せて降参した。

その後、ルシアードはアレクシアを小脇に抱え直して森を進もうと歩き出すが、ウロボロスに尻尾で手を叩かれる。

「ああ、アレクシア不足で連れていこうとしてしまった」

「シアは荷物じゃありまちぇんよ！　もう！」

降ろしてもらいながら、アレクシアはライバルが化け物ばかりなのを改めて認識し、勝利のための作戦を練り始めるのだった。

†

ルシアードと別れたアレクシアは森の奥へとひたすら歩いていた。何故かゼストも一緒についてくるが、アレクシアは何も言わない。

五匹の従魔はアレクシアの後ろをよちよち歩き、ウロボロスはアレクシアの頭上をパタパタ飛んでいる。

「ウロボロス、この森で一番強い魔物は何でしゅか？」

『それはもちろん俺だが……おい何だその目は！　ゼスト殿も！』

アレクシアとゼストは、獲物を見るような目でウロボロスを見つめていた。

五匹の従魔も、次は誰が変身して戦うのか相談し始めている。

「冗談でしゅよ～」

『あの目は冗談じゃなかったぞ！』

ぷんすか怒るウロボロスを皆で宥めていると、またもや近くで爆発音が聞こえてきた。

「今度は誰でしゅか！」

アレクシアが音のする方へ行くと、そこには魔国国王デズモンドが巨大な魔地竜《まちりゅう》を倒している瞬間だった。

「うぅ……またもや化け物が登場でしゅね！　うぅ……強い魔物がどんどん倒されていきましゅ～」

全長十メートルはある魔地竜の死体を見て、アレクシアは頭を抱える。

『『『『変身出来るチャンスが～』』』』

五匹の従魔は別の意味で頭を抱えた。

「おい、どうしたんだ？　頭が痛いのか？」

近付いてきたアレクシアが頭を抱えているのに気付くと、健気《けなげ》にも心配するデズモンド。

「デズモンド！　シアは負けましぇんよ！　ウオー！　でしゅ！」

そう宣言するアレクシアの背後には、熱い炎が宿っていた。

「俺も負けられない。お前と過ごす時間がかかっているからな」

お互いに不敵な笑みを浮かべて見つめ合うアレクシアとデズモンドだが、それが面白くないゼストが間に割って入る。

「はい、そこまでだ！　見つめ合うな！　いいか、アレクシア？　こういう時にこそ、『自分と過ごしたいなら金を払え』と言うんだ！」

「はっ！　そうでしゅね！」

「どんな親子の会話だ」

そんな二人を見て呆れるデズモンド。

『ねぇ～主しゃま、我も変身って言いたいでしゅよ～！』

白玉がコロコロ転がりアピールする。すると他の四匹もコロコロ転がり始める。

そんな可愛いもふもふを微笑ましく見ていたアレクシアだが、ふと思い出したかのようによちよちと魔地竜の元へ歩いていった。

そして魔地竜を見て、ニヤリと笑う。

「ふむ。綺麗なので高値で売れましゅね……ククク！」

「お前はどこの守銭奴《しゅせんど》だ」

デズモンドはそう言うと、横から魔地竜を亜空間に収納してしまった。

「ふん！　よし、行きましゅよ！」

『『『『おーー！』』』』

アレクシアはデズモンドと別れ、気を取り直して元気良く前に進んでいく。

五匹も尻尾をフリフリしながら、よちよちとついていった。

その後ろからゼストとウロボロスも続く。

『おい、この先には魔ヒュドラの棲み処があるぞ！　あいつらは弱いくせに俺に喧嘩を売ってきたんだ』

ウロボロスが苦々しい顔でアレクシアに言う。

魔ヒュドラとは九つの頭を持つ巨大な竜で、非常に凶暴な性格をしている。

「そいつらは強いでしゅか？」

キラキラした瞳でウロボロスに聞いているアレクシア。

『ああ、この森で俺の次に強いのはあいつらだな。ただ、昔あまりにもヤンチャだったから少しシメたんだ。それからは向かってこなくなったな！』

「何でしゅか、そのくだらない喧嘩は！　青春でしゅか！」

ドヤ顔で言うウロボロスに、ついツッコむアレクシア。

「おい、気配で気付かれると面倒だ。魔力を抑えておけ」

ゼストがそう指示すると一同は頷き、魔力の放出を抑える。

少し進むと目の前に洞窟の入り口が見えてきた。

「ここが魔ヒュドラの棲み処でしゅか？」

アレクシアの問いかけに頷くウロボロス。

一同が暗い洞窟に一歩足を踏み入れた時だった。

物凄い爆発音とともに洞窟内から何かがやって来る気配がして、アレクシア達は急いで横に逃げる。

すると、砂埃を立てながら巨体が洞窟内からこちらに向かってきた。

それは血塗れの魔ヒュドラであった。そんな魔ヒュドラを、奥からステラが嬉々として追いかけている。

『何だこの魔族は！　化け物か！』

魔ヒュドラの九つある頭の一つが叫んでいる。

「ふん！　化け物に言われたくないわよ！」

ステラは元気よく叫び返した。

『オイラ、死んじゃうの？』

一番端にある頭はそう言って泣いている。

『泣くな！　皆でやっつけるんだ！』

先程発言した頭が、泣いている頭を叱る。

『死んだ母ちゃんに会えるな……』

『俺達はただ寝てただけだぞ！』

『うわーーん！　怖いよ～！　痛いよ～！』

他の頭も各々叫んでいる。それを見ていたアレクシアが大声で言った。

「いや、倒しづらいでしゅよーー！」

「あらアリアナじゃない！　残念だけどこの魔ヒュドラは私の獲物だよ！」

ステラは魔ヒュドラを指差してそう宣言する。

「アレクシアでしゅよ！　ちょっと待ってくだしゃいな！」

今にも魔ヒュドラに斬りかかろうとするステラを、一生懸命に制止したアレクシアは、傷だらけの魔ヒュドラに近付いていく。

「大丈夫でしゅか？」

そう言って小さな手を魔ヒュドラに翳《かざ》すと、その巨体を淡い緑の光が優しく包んでいく。

すると先程までの酷い傷が綺麗に治っていった。

『傷が綺麗になってるぞ！』

『本当だ！　痛くない！』

『お姉ちゃん！　ありがとー！』

各々の頭が喜んでいる。

「ちょっと！　この魔ヒュドラは私の獲物よ！　何で回復させるのよ！　反則よ！　これを倒せば確実に私が優勝なのに！」

アレクシアの一連の行動にステラは激昂《げきこう》する。

「この子達からは殺意も、襲おうという意思も感じられましぇん。ウロボロス、昔やんちゃをしてたというのはこの魔ヒュドラでしゅか？」

『いや、確かに、あの時と感じる気配が違う……ここの森の魔ヒュドラは、魔ヒュドラ同士で殺し合って、最後に生き残った奴が完全体になるんだが、こいつらはまだ完全体ではないようだ』

その話を聞いていた魔ヒュドラが急にぶるぶると震え出した。

「どうしたんでしゅか？」

『それは多分俺達の父親だ！』

『うん。とっても怖いの！　僕達を殺そうとしたんだよ！』

その魔ヒュドラは種族の中で唯一完全体になった個体で、傲慢かつ冷酷な性格で彼らの母親も殺されてしまったらしい。彼らも命を狙われたので命からがらここまで逃げて、気配を消して隠れていたのだという。

「酷い父親でしゅね！　何か気持ちが分かりましゅよ！　ステラ、聞いてまちたよね？」

「ええ、そんな強いなら楽しみね！」

戦闘狂の血が騒ぎ、剣を抜き嬉々としてそう言うステラを見て、ドン引きしている魔ヒュドラ。

「おい、探さなくても大丈夫みたいだ」

ゼストはそう言って、入ってきた森の方をじっと見つめる。

そして次の瞬間、体が震える程の圧倒的な魔力がアレクシア達を襲った。容赦ない地響きとともに、魔ヒュドラの比じゃない巨大な青い竜が顔を出し、獲物を見つけたばかりに笑っている。

『弱い糞ガキどもが！　ここにいたのか！』

父親である完全体の青い竜の、あまりに凄い迫力に震えて動けない魔ヒュドラ。

アレクシアはそんなふうに怯える魔ヒュドラを守るべく、青い竜と魔ヒュドラの間に割って入った。

「やめんしゃい！　父親でしゅよね！　この馬鹿ちんがあああ！」

『ああ？　なんだこのちびは！　……ん？　この気配は！』

ちんまりしたアレクシアを見て鼻で嗤《わら》う青い竜。だが、こちらに向かってくる凄まじい魔力に気付き警戒する。

「「アレクシア!!」」

その時、アレクシアの元に現れたのは、ルシアードとデズモンドであった。

その後ろからゆっくりとやって来たポポ爺も怒りのオーラを纏っている。

「シアは無事でしゅよ！　これからこいつを倒ちましゅ！」

『何言っているんだ？　このちびは……アハハハ！』

豆粒のように小さいアレクシアの言葉に大笑いする、全長十メートルはあるであろう青い竜。ウロボロスとゼストは気配を消して様子を見守っている。

「シアは強いんでしゅ！　殺《や》られる前に殺《や》れでしゅよ！」

アレクシアはそう言って、自身の魔力を最大限に解放した。

ステラや五匹、魔ヒュドラは、アレクシアの魔力のあまりの迫力に耐えられず座り込んでしまう。

問題の青い竜も、アレクシアの凄まじい魔力に当てられ、後退《あとずさ》りする。

『何なんだお前は！』

激しく動揺する青い竜。

「知らなくていいでしゅよ！　お前はここで死ぬんでしゅから！」

青い竜は魔力を溜めて口を開いた。

『【吹雪《ふぶき》の吐息】』

竜の口から放たれた物凄い吹雪がアレクシアに襲いかかる。

だが、アレクシアが亜空間から水晶玉のような丸い玉を取り出して前に翳《かざ》すと、その吹雪は吸収されていった。

「シアの魔道具〝まん丸君〟でしゅ！　どんな強力な魔法も吸収してくれてシアの魔力にしましゅ！」

アレクシアはその小さい球体に新たに魔力を流す。

「いつの間にあんなモノを造っていたんだ？」

ルシアード驚くが、他の者は呆れて見ている。

「昔は〝まん丸〟だったが、〝君〟がついたぞ」

ゼストがどうでも良い情報を呟いた。

「覚悟してくだしゃいな！　お前の魔力にシアの魔力を足した攻撃を食らえ！」

アレクシアはそう言って、まん丸君を青い竜に向かって投げる。アレクシアの腕力では青い竜まで届かないので、途中から魔法を使って飛ばした。

まん丸君はゆっくりと青い竜に向かっていくが、そのあまりの遅さに唖然とする魔ヒュドラと青い竜。

そして青い竜は馬鹿にするように笑い始めた。

『なんだそのへなちょこは！　アハハハ！』

「……そんなにおかしいでしゅか？」

アレクシアが呟くとふよふよと浮いていたまん丸君が消え、笑う青い竜の目の前に現れた。

アレクシアが魔法でまん丸君を瞬間移動させたのだ。

『アハハ……ハ？』

青い竜が気付いた時にはすでに遅く、まん丸君は青い竜の腹にめり込んだ。

「おい、皆の衆！　防御は各自でよろちくでしゅーーー！」

アレクシアは皆にそう言うと魔ヒュドラの前に立ち、守るように巨大な防御魔法を展開する。

青い竜は体が赤く光り出してブクブクと膨らんでいき、次の瞬間には大爆発して木《こ》っ端《ぱ》微塵《みじん》になってしまった。

散らばる肉片を見て呆然とする魔ヒュドラ。

魔ヒュドラ種の中でも最強の完全体である父親が、こうも簡単に倒されてしまうとは思ってもいなかった。しかも小さな人族に殺《や》られるなんて。この目で見たのに信じられない。

そんな唖然とする魔ヒュドラをよそに、アレクシアの元に次々と仲間達が集まってきた。

「アレクシア、良くやった。さすが俺の娘だ」

ルシアードがアレクシアを抱っこする。

「さすがワシの弟子じゃな！　感無量じゃ！」

ポーポトスは目に涙を溜めてアレクシアの頭を撫でていた。

「もう思い残すことはないでしゅかー？」

「あるわい！　ワシは生きるぞ！」

アレクシアとポーポトスが話していると、デズモンドがこちらに向かってくる。

「さすが俺の嫁だ。ただ俺としては共同作業をしたかったが、仕方がない」

「あんたがやったらこの森がなくなりましゅよ！」

本当に悔しそうなデズモンドに呆れるアレクシアだが、ルシアードがアレクシアをデズモンドから遠ざけようとする。

「ああ！　私の獲物だったのに！　代わりにアリアナ、あんたと戦う！」

「「「何でだ（しゅか）!!」」」

戦闘狂のステラに呆れる一同であった。

そしてウロボロスとゼストも近付いてきた。

『お前は相変わらず無茶苦茶な戦いをするなー！』

「シアは天才でしゅから！」

ウロボロスとアレクシアが会話する横で、ゼストは何やら考えごとをしている。

「……じじい、どうしたんでしゅか？」

それに気付いたアレクシアがゼストに話しかけるが、ゼストは思いつめたような顔をして魔ヒュドラの元へ歩いていった。

「父親が死んだ。お前達はどんな気持ちだ？」

ゼストにそう聞かれた魔ヒュドラは、お互いの顔を見て頷くと話し始めた。

『俺達はあいつをずっと憎んでいたし、怖かった……だが、死んだ。あいつから解放されて嬉しいはずなのに……何故か複雑な気分だ』

それをただ黙って聞いているゼスト。

『僕も……ちょっと悲しい……何でだろう……』

『憎い奴なのに！　母の敵《かたき》なのに！』

『それでも父親だから……！』

そんな魔ヒュドラの話を聞いていたゼストの様子がおかしいのに気付いていたアレクシアだが、よちよちとやって来た白玉が衝撃的な発言をする。

『主しゃまー！　木っ端微塵にしたりゃ駄目でしゅよ！　死体がないと、審判のランしゃんに見せられないでしゅよ！』

「あああああー！」

自分の失態に気付いたアレクシアは、ルシアードの腕の中で悲鳴を上げた。

「む。アレクシア、大丈夫だ。ほら見ろ、大きな青い魔石が残っているぞ」

ルシアードが落ち込むアレクシアの頭を優しく撫で、励ますように言う。

青い竜がいた所には木っ端微塵にされた青い竜の肉片が散らばっていたが、その中央には、巨大で光輝く青い魔石が転がっていた。

魔物からごく稀《まれ》に採れる魔石は、希少価値が非常に高い。今回の青い魔石は、大きさや完全体の魔ヒュドラから採れたというレア度から見ても国宝級だ。

その魔石を白玉と黒蜜がコロコロと転がして、アレクシアの元へとに運ぶ。

アレクシアはルシアードに降ろしてもらい、よちよちと魔石に近付いた。

「これは……しゅんばらしい！　こんな大きい魔石は初めてでしゅよ！」

アレクシアは興奮気味に言って、魔石を大事そうに抱える。

アレクシアは気が済むまで魔石に頬擦りして喜びを噛み締めると、大事そうに亜空間にしまった。

そして満足したアレクシアは、いつもと様子の異なるゼストの元へと向かう。

今も魔ヒュドラ達を慰めているその表情を見たアレクシアは、昔の出来事を思い出していた。

ゼストはアレクシアが近付いてきたのに気付くと、何故か苦笑いする。

「じじいは悪くないでしゅ……あいつが悪いんでしゅよ！」

「ああ、そうだな。だが何故か父のことを思い出してな……俺も年とったんだな」

「そうでしゅね、もうそろそろゼストにもお迎えが……」

「おい！」

ゼストのツッコミに安心したアレクシアは、昔のことを話し始めた。

「……ミル爺とオウメ……落ち着いたらお花をあげたいでしゅ……」

ミル爺とはゼストの祖父で、本名をミルキルズという。また、オウメとはゼストの一族に仕えていた女中である。

アレクシアは下を向いてポツリと呟くように言う。

「……二人にも、もう一度会いたかったでしゅね……」

「ああ？　爺様とオウメは生きてるぞ？」

ゼストの衝撃的な発言に、固まってしまうアレクシア。

少しして言葉の意味を理解して、思いきり叫んだ。

「……………えええええー！　化け物でしゅか！　それに、何で今、思い出しゅんでしゅか！」

さすがに驚くアレクシア。年齢はもう何万歳なのか計算してもしきれない程長生きしていることになる。

二人のやり取りを聞いていたルシアードが尋ねる。

「む。ミル爺とは誰だ？」

「父上、ミル爺は大事な祖父で、最高の悪戯好き仲間でしゅよ！」

ルシアードはゼストに目線をやり、さらに説明を促す。

「ミルキルズは初代竜族の長で俺の祖父だ。オウメは我が一族にずっと仕えてくれている女中頭だ」

ルシアードは少し考え込むと、今さらながらの疑問をゼストにぶつける。

「お前は一体何歳なんだ？」

「ああ、俺か？　確か九千六百歳は超えたな」

それを聞いて、唖然とするルシアード。

「まぁ、人間で言うと三十代後半くらいでしゅかね？　……え？　意外と若かったんでしゅね！」

アレクシアが近くに落ちていた棒で地面に計算式を書いて説明する。

「え〜と、ミル爺は二万歳を超えているから……八十歳は超えてましゅね……でも何で会いに来てくれないんでしゅかね?」

落ち込むアレクシアに、ゼストは言いにくそうに話し出す。

「爺様はお前が死んだショックで寝たきりになってしまってな……俺も目覚めてすぐにお前の所に行くのに必死で、爺様を蔑《ないがし》ろにしてしまっていたな。魔国から帰ったら、お前のことを報告しなくてはな」

「ミル爺……でも何でリリィ……リリノイスはこの前森で会った時にミル爺が生きているって言ってくれなかったんでしゅか?」

リリノイスとは竜族の族長代行になった男の名前である。

アレクシアはその名前を聞いて黙ってしまったゼストを見て、何かを察した。

「リリノイスはミル爺に、シアが転生したことを話していないんでしゅね……ってことは、ミル爺はもうシアの気配に気付かない程に弱っているんでしゅか?」

アレクシアは自分で言っていて悲しくなるが、歯を食い縛り我慢する。

「その通りだ。おそらく、お前が転生していると知った爺様が元気を取り戻すのを恐れているのだろう。爺様を煙たがる若造どもが最近のさばってきていてな」

「何ですとー! じじい! 今すぐに竜の谷に行きましゅよ! そんな大事なことを何で黙ってるんでしゅか!」

「そうだな。俺が一番悪い……お前が死んだショックで眠りについてしまった間、爺様とオウメが頑張ってくれたんだ。二人も相当苦しかったのに……」

アレクシアはゼストの苦しそうな顔を見て何も言えなくなる。

「それでも俺はお前を優先した……もうあんな思いはしたくなかったんだ。だが……爺様とオウメも大切な家族だ……それなのに……自分勝手だな……」

「じじい……今から一緒に帰りましゅよ！　それでミル爺とオウメを驚かせましょ!!」

そう言うアレクシアに、ゼストはこみ上げてくる涙を我慢して頷いたのだった。

2　結果発表と新たな問題

ゼストとの昔話を終えたアレクシアは現在、魔ヒュドラをどうするか悩んでいた。

「うーん……この森にいたら他の魔ヒュドラに殺られましゅね」

アレクシアの言葉に魔ヒュドラが震えている。

「そうじゃのう〜。お主は優しすぎじゃ」

ポポ爺も魔ヒュドラの優しさを心配している。

それを聞いて暫く考え込んでいたウロボロスが口を開いた。

『俺の棲み処はどうだ？　誰も近付いてこないし、餌も豊富だから快適だぞ！』

『えええええー！　そんな……無理です！　ウロボロス様と一緒に棲むなんて、生きた心地がしないですよ！』

ウロボロスの提案を、遠慮なしに否定する魔ヒュドラ。

「弱いのにハッキリ言いましゅね……」

アレクシアは苦笑いする。

『おい、誰がお前らと一緒に棲むか！　俺が留守の間だけだ！』

「……ん？　留守の間ってどういうことでしゅか？　旅に出るんでしゅか？」

アレクシアはウロボロスの発言が気になり尋ねた。

『ああ、俺も竜の谷に行くことにしたぞ！　久々の帰還だ！』

ドヤ顔で言うウロボロスに、一同は驚き言葉を失う。

沈黙を破ったのはポーポトスだった。

「お主も行くのか？」

『ああ、〝お主も〟ってことはポーポトスも行くのか？』

「ワシも久しぶりにミルキルズ様に会いたいからのう。それに、寝たきりとは心配じゃ」

ウロボロスとポーポトスは行く気満々で会話する。

「えーー！　ウロボロスもポポ爺もついてくるんでしゅか！」

不満そうなアレクシアに、ルシアードが口を挟む。

「む。俺も行くからな？」

「父上はやることがたくさんありましゅよね!?　ロイン伯父上が許さないと思いましゅ!!」

「俺も行かないとな。婚約者としてミルキルズ様に挨拶しないと……。お久しぶりです、からでいいか……いや、俺を覚えているか？」

そう言って嬉しそうに挨拶の練習をするデズモンドを見て、もはや苦笑いするしかないアレクシア。

ステラも行くと騒いだが竜の谷で暴れられては困ると、一同の大反対で却下された。それでも納得いかないステラはゼストを説得しようとするが、許可は下りなかった。

ウロボロスがしつこいステラを一喝する。

『おい、いい加減にしろ。お前のような小娘が遊び半分で行って良い所じゃねえんだよ！　あそこで暴れたらお前は瞬殺されるぞ？　竜族は本来他の種族を受け入れない。ゼスト殿やミルキルズ様が変わっているんだ』

ステラはもう何も言えなくなってしまう。

「ウロボロスも大概変わってましゅよ」

アレクシアがそう言うと、肯定するように頷くゼストとポーポトス。

その後、魔ヒュドラはウロボロスの棲み処に暮らすことで話がまとまった。

一同は魔ヒュドラをウロボロスの棲み処の近くまで送ると、ランゴンザレスが待っている森の入り口へ急ぐのだった。

「もう優勝は分かってましゅよね～！」

アレクシアは嬉しそうに歩きながら小躍りしている。

五匹も嬉しそうに、よちよちとアレクシアの後ろを雛鳥のようについていく。

森の入り口が近付くにつれピンクのテントが見えてきて、そこには手を振っているピンク一色のランゴンザレスがいた。

「うぅ……相変わらず目がチカチカしましゅね！」

アレクシアはそう言って、テントの中に用意されていた椅子に座った。その前にはテーブルも用意されている。

「あらあら～！　大変だったわね！　ほらお茶にしましょう！」

ランゴンザレスは、テーブルの上にケーキと紅茶を並べる。

美味しそうに食べるアレクシアの横で、各々が狩った魔物をランゴンザレスへ見せていく。アレクシアも、魔石をランゴンザレスへ見せた。

アレクシアがケーキを食べ終わる頃には優勝者が決まっていた。

結果は、青い竜を倒したアレクシアの文句なしの優勝だった。

「やったーでしゅよ！　うぅ……感無量でしゅ！」

周りは拍手してアレクシアの優勝を讃《たた》えた。

だが、そんな微笑ましい時間は長くは続かなかった。

黒くて大きい鳥が飛んできたのだ。

「あれは確か魔国の連絡鳥でしゅよね？」

アレクシアは鳥を見て首を傾げる。

連絡鳥はデズモンドの元へ降り立った。デズモンドは鳥が持っていた筒を受け取る。

その筒を開けると書状が入っていて、それを読み始めたデズモンドの顔がどんどんと険《けわ》しくなっていく。

「どうしたんでしゅか？」

「……魔貴族達がお前との婚約を反対して魔王宮に押し寄せているらしい」

「もう魔貴族達の耳に入っているんでしゅね」

あまり驚かないアレクシア。

「ふざけたことを！　……やっと叶う俺の願いをあいつらに潰されてたまるか！」

怒りに震えるデズモンドは持っていた書状を魔法を使って一瞬で燃やし、暫くの沈黙の後に不敵に笑ったのだった。

†

魔王宮のとある一室に集まった魔貴族達は話し合いをしていた。

「どういうことだ！　魔国王妃と離縁して人族の子供と婚約するなど……魔国王は頭がおかしくなられたのか！」

「離縁は兎も角、次の魔国王妃は魔国内で決めることであろう！」

「人族だなんて、国民も納得するわけないだろう！」

色んな思惑や野心が渦巻く魔国でその貴族達は、魔国王に自分の娘を嫁がせるために、血を血で洗う醜い争いを繰り返してきた。

それなのに、最弱な人族の子供を魔国王妃にするなど前代未聞であり、話し合いでは嫌悪感や侮《ぶ》蔑《べつ》の言葉が飛び交っていた。

「〝四老会《しろうかい》〟に連絡したら、すぐにお集まりくださるそうだ！」

四老会とは、魔国で多大なる権力を持つ貴族や英雄で構成されているグループで、魔国王族をも動かす力を持っている。

「おお！　四老会が動くのですね！」

「ええ、そうなればいくら魔国国王陛下でも勝手に動けませんぞ」

暫くすると入り口付近が騒がしくなり、ドアが開かれた。室内にいた魔貴族達は緊張気味に跪《ひざまず》く。

そして静まり返る室内に革靴の音が響き渡り、従者が椅子を引き、その人物が座る。

「ああ、顔を上げたまえ。私が一番最初か……」

魔貴族達が恐る恐る顔を上げると、そこには青髪をオールバックにした、右目が青色で左目が金色のオッドアイの美丈夫が気怠《けだる》そうに座っていた。

純白のローブに身を包み、胸元には黒竜をあしらった綺麗な刺繍《ししゅう》がある。

「おお！　リバシティ様ではないですか！」

魔貴族の一人が席を立ち、青髪の青年――リバシティに近付こうとした。

何を隠そうこのリバシティは、四老会のメンバーである。

「座っていて結構。君達のおべんちゃらに付き合うつもりはない」

リバシティと呼ばれた青髪の青年は無表情のままそう言い放つと、亜空間から分厚い本を出して読み始める。

それから地獄のような沈黙が続いたが、少ししてまた入り口付近が騒がしくなり、ドアが開かれる。

魔貴族達が急いで跪《ひざまず》く中、大柄な体格の壮年の男性が入ってきた。

彼は、リバシティと同じく胸元に黒竜の刺繍がある純白のローブに身を包み、赤髪の短髪にブルーの瞳を持っていた。

「おー！　リバシティ殿が一番ですか。珍しいこともあるな！」

そう言って男性はリバシティの隣に座る。

「アーウィング魔公爵か、久しいな」

リバシティはちらりと男性を見るとすぐに本に視線を戻した。

彼はフリード・アーウィング、魔国王妃ステラの生家であるアーウィング家の当主で、リバシティと同じく、四老会のメンバーだ。

「リバシティ殿は相変わらずですな！」

フリードはそう言って苦笑いする。

そこへ、魔貴族達が一斉にフリードにすり寄る。

「ああ、アーウィング魔公爵！　ステラ魔国王妃はどうしていらっしゃいますか！　さぞかし悲しんでいるでしょう！」

「こんな事態になるとは由々《ゆゆ》しき問題です！　人族の分際で……ステラ魔国王妃を思うと悔しいですぞ！」

それを見ていたリバシティが嫌味を言う。

「ふん……見え透いた媚びを売っている暇があったら、我々に頼らずデズモンドに直接言えば良いだろう？」

「……まぁ、俺の意見は残りが揃ったら言うつもりだ」

そう言うと、フリードは目を瞑り腕を組むと黙ってしまう。

魔貴族達は渋々と席に座り、残りの二人が来るのを静かに待つことにした。

するとすぐにドアが開き、魔貴族達が跪《ひざまず》く暇もなく、女性が勢いよく入ってきた。

彼女は二人と同じく純白のローブに身を包み、美しい金髪を花細工が綺麗な簪《かんざし》で纏め、淡い緑の瞳を持っていた。

彼女の名前はアモーナ、四老会唯一の女性メンバーだ。

アモーナの正体は膨大な魔力を持つ魔物で、その正体を見たことのある者はポーポトスとアリアナだけである。

アモーナは魔物であるにもかかわずこの国が気に入り、終《つい》の棲み処に決めたのだ。

昔、魔国に攻め入ってきた敵国の十万の兵をたった数体の魔物が蹂躙《じゅうりん》したという伝説があるが、そのうちの一人が彼女だ。

それからは英雄として名を馳せ、魔国で知らない者はいない重鎮《じゅうちん》になった。

「ねぇ！　デズモンド坊やが幼女と結婚するって言ってるんですって？」

アモーナは椅子に座ることなく、忙《せわ》しなくリバシティとアーウィング魔公爵に話しかけた。

「らしいな。面倒なことを……」

リバシティ顔を上げそう言い顔を歪ませると、また本に視線を戻した。

「まぁ……そうらしいな」

フリードはアモーナの勢いにたじろぎつつも頷いた。

「あら、貴方の娘とは離縁するって言ってるのよ？　なのに何でそんなに冷静なのよ」

「あー……国王陛下にも事情があるのだろう」

「……おかしいわね。いつもはデズモンド坊やをガキって呼んでるのに国王ですって？　何か知ってるのね？」

美女に詰められて冷や汗をかくフリード。

だが良いタイミングで最後の一人がやって来た。

その人物が現れた瞬間に、魔貴族達に加え、リバシティやフリード、そしてアモーナも一斉に跪《ひざまず》いた。

魔貴族達は生きる伝説である人物の登場に一層気を引き締める。

「「「ポーポトス様」」」

「この四人が集まるのも久しいのう。皆、顔を上げよ」

ポーポトスが口を開くと、先程までとは比べようのない緊張感が漂う。

「おお、リバシティにフリードそれにアモーナよ。席に座りなさい」

ポーポトスは皆を座らせ、自分も最後に席に着いた。

四老会を呼び出した魔貴族達をじっくり眺めたポーポトスは、手を叩き誰かを呼ぶ。

するとドアが開き、怒りのオーラを纏った魔国国王デズモンドが幼い女の子を抱えて入ってきたのだった。

3　魔貴族達　対　デズモンド

ついに登場した魔国国王デズモンド。

その怒りに満ちた表情とオーラに、たじろぐ魔貴族達。しかもその腕には幼い女の子が大事そうに抱えられていた。

デズモンドは急いで用意された椅子に座ると、魔貴族達を睨みつける。

恐ろしさで震える魔貴族達だが、こちらには最終手段である大物、四老会が後ろに控えているので、一人の魔貴族が思いきってデズモンドに意見を言い始めた。

「デズモンド魔国王陛下、発言をお許し願えますでしょうか」

「……良い、言ってみろ」

デズモンドが射殺すような視線をその魔貴族に向ける。

「ヒイ……！　ひ……人族の子供と婚約するという話を聞きましたが、本当なのでしょうか？」

魔貴族はデズモンドが大事そうに抱っこしている黒髪の幼い女の子を見ながら、恐る恐る問いかけた。

「ああ、本当だ。俺はこのアレクシア、アウラード大帝国のアレクシア・フォン・アウラード第四皇女と婚約した」

堂々と答えるデズモンドに、騒ぎ始める魔貴族達。

デズモンドがふとアレクシアを見ると、狩りの疲れからか、騒がしいのにもかかわらずすやすやと眠っていた。

そんな姿を見て、デズモンドの荒《すさ》んでいた心が和らぎ自然と笑顔になる。

「ねぇ……あの坊やが笑ってるわよ？　私、初めて見たわ！」

そんなデズモンドを見て、アモーナは驚愕している。

だが、デズモンドを一気に不愉快にさせるのがこの魔貴族達だ。

「最弱な人族の子供が魔国王妃など認められません！　我が娘はずっと陛下をお慕いしているのです！」

「おい！　あ……我が娘もその子供よりずっと優秀で美しいですぞ！」

「ぶっ……あやつ、寝ておるぞ」

我関せずで眠るアレクシアを見て、つい吹き出してしまったポーポトスに皆の視線が集中する。

「ポーポトス様も陛下をご説得ください！　このままではこの人族の子供が弱い分際で……」

「ワシは賛成じゃよ」

「そうですよね！　……は？」

ポーポトスの返事に、この場にいる魔貴族達は呆気《あっけ》に取られてしまう。

これにはリバシティやアモーナも驚いてポーポトスを見る。

「ポーポトス様、理由を聞いて良いかしら？」

アモーナは意味が分からず、ポーポトスに詰め寄る。

「私も聞きたいですね。ポーポトス様は反対すると思っていたので驚いています」

リバシティもポーポトスに質問する。

「ふむ……お主らまだ気付かんのか？　あの娘が本当にただの人族の子供だと思っているのか？」

出されたお茶を飲みつつ飄々《ひょうひょう》と話すポーポトスに不信感を抱きつつも、二人はデズモンドに抱えられている幼子を注意深く見た。

「おい、あまり見るな」

するとデズモンドの顔が険しくなりアレクシアを隠そうとする。

当の本人はここでやっと目を覚ます。

「はっ！　寝てしまいまちたよ！　シアは優勝したから賞品を考えないといけないんでしゅよ！　……金貨……う〜ん……魔国の秘宝も良いでしゅね……爺を脅して……」

ぶつぶつと欲望を包み隠さず口に出すアレクシア。

その言葉を聞いて、魔貴族達は顔色を変えていく。

「おい！　今この娘魔国の秘宝と言ったのか⁉」

「なんて図々《ずうずう》しいんだ！　恥を知れ！」

「ん？　……誰でしゅか？」

騒がしい魔貴族を見て、アレクシアは首を傾げる。

「あっ、ポポ爺！　デズモンド！　優勝賞品は魔国の秘宝にしましゅね！」

魔貴族達が喚く中で能天気にそう言うアレクシアを見て、ポーポトスは大笑いする。

デズモンドも苦笑いして、アレクシアの頭を優しく撫でた。

「ちょっと待っていてくれ。問題を片付けてからな」

「あい！」

元気良く返事するアレクシア。

そんなやり取りを見ていたアモーナとリバシティは、驚きすぎて開いた口が塞がらないでいた。

その金貨に対する執着と、弱いが確かに感じる魔力は、大賢者アリアナのものだったからだ。

「どうじゃ？　あの娘が誰か分かったかのう～？」

そんな二人に気付いたポーポトスは、悪戯が成功した子供のようにからかう。

アモーナとリバシティは未だに信じられずに、立ち上がってアレクシアの方に近付いていく。そして二人が話しかけようとした時だった。

突然ドアの外から聞き覚えのある声が聞こえてきた。

「む。こんなに長くかかるとは聞いてないぞ」

ルシアードである。彼はデズモンドにアレクシアを奪われ、苛立《いらだ》っていた。

「あいつ……ルシアード、婚約を破談にしたらどうだ」

続いて、ゼストが苛立ちを隠せない様子で言った。

「ちょっとどいてよ！　見えないでしょ！」

「リリス、勝手に入ろうとするなんて品位に欠けるぞ」

「うるさいわね、自分だって聞き耳を立てていたくせに！」

ゼストの横で、魔国王女リリスと魔国王太子マクロスが兄妹喧嘩を始める。

彼らの足元には小さな毛玉が五匹、悲しそうな声を出して鳴いていた。

『『『『『主しゃまー……お腹しゅいたー』』』』』

そんな騒ぎを止められずオロオロする兵士達。彼らを気の毒に思ったランゴンザレスは、身嗜《みだしな》みを整え一呼吸する。そしてルシアードとゼストがドアを開けると、ランゴザレスは一歩前に踏み出して口を開いた。

「失礼致します。お騒がせして申し訳ありません。みんな、入りなさい！」

ランゴンザレスは手を叩いて一同を誘導する。

「……あれは逆に恥ずかしいでしゅね」

「ああ、地獄だな」

アレクシアの呟きに頷くデズモンド。

すると白玉達がよちよちと一匹ずつ、ドヤ顔でアレクシアの元へ行きちょこんと座っていく。

その次に羞恥心という感情は皆無らしいルシアードも堂々とデズモンドに近付いていった。

「おい、アレクシアを返せ」

デズモンドからアレクシアを奪い、優しく抱きしめるルシアード。

そんなルシアードを見てずかずかと入ってきたゼストは、抱っこされている愛娘をこれまた奪おうとしたが軽くかわされる。

「おい、俺にも抱っこさせろよ！」

「駄目だ」

「俺の婚約者だ、返せ」

譲らず睨み合うゼスト、ルシアード、デズモンドの最強トリオ。

アレクシアは浮遊魔法を使って宙に浮いて、次々と容赦なくトリオにデコピンしていく。

「馬鹿ちんでしゅか！　今はそんなことで揉めてる場合じゃないでしゅよ！　このスットコドッコイどもめー！」

ぷんすか怒るアレクシアをよそに、デコピンされたおでこを擦り、何故か嬉しそうな最強トリオ。

「うげ、気持ち悪いわね」

「馬鹿ね～」

「おい！」

ステラとリリスがデレるトリオを見て辛辣に言い放つので、急いで黙らせようと焦るマクロス。

「あれはステラ魔王妃……ご実家で静養中と聞いていたが？」

「ああ、でも見ろ。元気だぞ……チッ」

「それにあの者達は何者だ？　デズモンド魔国国王にあんな態度を取りおって無礼《ぶれい》な！」

「いや、一番無礼なのはあの子供だ！　魔国国王にデコピンなど……！」

魔貴族達がまたざわざわと騒ぎ始めた。

「そこの子供！　我が国の主君であるデズモンド魔国国王に対しての無礼の数々！　ただで済むと思うでないぞ！」

怒りを露わにする一人の魔貴族が、アレクシアを指差して吠え始めた。

「……何でしゅか？　罰金でしゅか？　お尻ペンペンでしゅか？」

「ふざけたことを言いおって！　人族風情が生意気な！」

アレクシアのふざけた発言に激昂したその魔貴族は手を振り上げ、魔法を放とうとする。

その時、室内の空気が急に重くなり、部屋に冷気が漂い始めた。

その冷気は人族の幼子によく似た、紅い瞳を光らせている黒髪の青年――ルシアードから放たれていた。

魔貴族達は徐々に凄まじくなっていく冷気に耐えられず膝から崩れ落ちる。

「俺の娘に手を出そうとしたな？」

ルシアードはそう言うと、亜空間から禍々しい気を放つ漆黒の剣を取り出す。

「一人一人首を切り落としてこいつらの餌にするか？」

ルシアードの周りには白玉、黒蜜、みたらし、きなこ、あんこが集まり、魔貴族達を威嚇《いかく》していた。見た目は可愛いらしい子犬だが、放つ魔力はえげつない。

デズモンドはルシアードを止めるどころか一緒に殺《や》る気満々だ。

ゼストも今にも参加しそうな雰囲気で、ステラは目を輝かせながら参加しようとするのでリリスとマクロスに引き摺られていく。

一方、リバシティとアモーナは、とても人族とは思えないルシアードの凄まじい力に驚いていた。

「何よあれは！」

「私も驚いている」

信じられないといった顔をする二人は自然とポーポトスに視線を向ける。だが、彼はアレクシアを見て微笑んでいるだけだった。

「ストーーーーップでしゅよ！　これが目に入らぬかー！」

収拾がつかないので、アレクシアはいきなり亜空間から何かを取り出して皆に見せた。

『いでで！　もっと優しく抱えられないのか！』

出てきたのは、邪悪竜ウロボロスであった。

ウロボロスの登場に皆が驚き、言葉を失う。

『おい、ちゃんと持て！　いででで！』

アレクシアに鷲掴みにされているウロボロスは翼をバタつかせて怒っていた。

「このウロボロスが目に入らんかー！　皆の者、頭《ず》が高いでしゅよ！　邪悪竜が大暴れしましゅ

よ！」

アレクシアはそう言ってバタつくウロボロスを皆の前に掲げた。

すると魔貴族達はもちろん、リバシティやアモーナ、アーウィング魔公爵も跪《ひざまず》いた。

ウロボロスがこうして公《おおやけ》の場に現れたのは約六百年ぶりだった。

「トリオも武器を下ろしなしゃい！　下ろさないならシアは五匹を引き連れて家を出る……略して家出をしましゅよ！」

『最初から略せよ』

的確なツッコミをするウロボロス。

そして家出と聞いて、最強トリオはすぐに降参のポーズを取る。

そんな光景を見ていた魔貴族達は、魔国国王や凄まじい力を持つ青年二人を降伏させ、大賢者ポーポトスと知り合いで、さらに邪悪竜ウロボロスを鷲掴みしている、この幼子に恐怖を覚え始めた。

「ふぅ、みんな落ち着きまちたね。ウロボロス、自由にしていいでしゅよ」

やっとアレクシアから解放されたウロボロスだが、結局は彼女の頭上に乗っている。

そんなアレクシアに、アモーナは近付いていく。

「……貴女は何者なの？　期待はしたくないんだけど……もし違ったら……」

「鮮血のババ……アモーナ」

「ブッ……」

アレクシアの発言に吹き出してしまうリバシティ。

「てめぇ！　今ババアって……はっ！」

顔に青筋が浮かんだアモーナだが、周りに注目されているのに気付いて我に返る。

「久しぶりでしゅね、アモーナ」

「ああ、本当にアリアナなのね！　アリアナに似た魔力を感じて、まさかと思ってたけどそれはあり得ないと思って……昔と変わらないわね！」

そう言うと、アモーナは涙を流しながらアレクシアを抱きしめた。

「アリアナ、本当に坊やと婚約するの？」

昔の悲しい出来事を知っているアモーナは、二人が今回は必ず上手くいくように力になることにした。もう後悔はしたくなかった。

「今はアレクシアでしゅよ。あい、婚約しましゅ」

アレクシアの答えに満面の笑みを浮かべるデズモンド。その一方で、ルシアードとゼストはそんな嬉しそうなデズモンドをジト目で見ていた。

「じゃあ、私も反対する理由はないわね」

アモーナは婚約に賛成することを表明する。

「待ってください！」

魔貴族達が戦意を失い諦め始めた中で、一人の魔貴族が声を上げる。

「ウロボロス様、弟子でもあるデズモンド魔国国王と人族の婚約をお認めになるんですか！」

『ああ？　俺はどうでもいい！　こいつの好きにすればいい』

ウロボロスはそう言ってアレクシアの頭をパンパン叩く。

「痛いでしゅよ！　馬鹿ちんになっちゃいましゅ！」

『もう手遅れだ！』

そんな仲良しなアレクシアとウロボロスを見て、声を上げた魔貴族の男の顔はみるみる歪んでいった。

周りの魔貴族達は嫌な予感がして、その男を必死に宥めようとする。だが、この魔貴族の男は人一倍傲慢で野心家なのでそうした説得も耳に入らない。

「人族風情が魔国王妃になることなどあってはならない！　たかが数十年しか生きられない最弱種族が魔国に足を踏み入れていることすら不愉快です！」

魔貴族の男がそうアレクシアに言い放った瞬間だった。

叫んだ男が急に苦しみ出して、のたうち回り始める。そして泡を噴きながら失神してしまった。

怒りに満ちた最強トリオ、ポーポトス、ステラやランゴンザレスよりも先に、ウロボロスが動いたのだ。

『一番聞きたくないことを言ったからな』

ウロボロスが悲しそうにポツリと言った。

そんな小さな黒竜を、何も言わずに優しく抱きしめるアレクシア。

「ウロボロス様も認めているんだ。まだお前達の許可が必要か？」

消された男を見て恐怖で震える魔貴族達に、デズモンドは冷たく言い放つ。

「申し訳……ありませんでした」

一人の魔貴族がウロボロスを抱きしめているアレクシアを見たあと、デズモンド達の前に平伏し謝罪をする。このたった数十分の短い時間でこの幼子の恐ろしさを身に染みて感じたのだ。

その光景を見た他の魔貴族達も我先にと平伏して謝罪を始めた。

だが、ルシアード、ゼスト、デズモンドは魔貴族達を許すどころか、今すぐにでも始末しそうな勢いで怒っていた。

「まぁ、お主ら落ち着くんじゃ。……お前達はこの婚約を認めるんじゃな？」

そこへポーポトスがやって来て、平伏す魔貴族達に確認を取る。

「は……はい。ここにいる魔貴族はこの婚約を認めます！」

「……ここにはデズモンド魔国国王以外にもワシら四老会、それにウロボロスもいるんじゃ。その言葉がその場しのぎと分かった時や、この子を否定するような話がワシらの耳に入った時は、大掃除をしなきゃならんからのう……」

ポーポトスの穏やかな口調には、凄まじい怒りが籠っていた。

そのあまりの迫力に、魔貴族達は絶対にこの幼子に逆らわないようにしようと心に誓ったのだった。

そこへ、頭にウロボロスを乗せたアレクシアがよちよちとやって来た。

「デズモンド魔国国王陛下の婚約ちゃ……婚約者になりまちたアレクシア・フォン・アウラードでしゅ」

そう言ってペコリと頭を下げようとするが、ウロボロスが上にいるのでぷるぷるしてしまう。

そんな可愛らしい愛娘を見て悶《もだ》えるルシアードとゼスト。

デズモンドはアレクシアを感無量の思いで見つめる。ポーポトス、アモーナ、それにフリードも微笑ましく見守っていた。

「は……はい。アレクシア様、こちらこそ数々の無礼、申し訳ありませんでした！」

アレクシアの頭に乗るウロボロスが恐ろしくて、平伏したままなかなか顔を上げられない魔貴族達。

「確かに、シアは人族でしゅよ。でも、シアは天才でしゅから誰にも負けましぇん！　信じられないならかかってこいや！　でしゅ」

アレクシアは胸を張ってドヤ顔しながらそう宣言する。

「「「へ？」」」

それを聞いてつい間抜けな声を出してしまう魔貴族達。

その後、デズモンドの指示でこの話し合いは強制的に終了し解散となった。

ランゴンザレスが放心状態の魔貴族達を強引に立たせると、部屋から次々に追い出していったのだった。


そしていつものメンバーだけになると、今までずっと黙っていたリバシティが立ち上がり、アレクシアに近付く。

「ふむ。本当にアリアナなのかい？」

「……そうでしゅよ。あんたはまだその姿でいるんでしゅか？」

アレクシアにそう言われたリバシティは苦笑いする。

「この姿の方が自由に動けるから楽なんですよ」

「まぁ、自由には動けましゅね」

彼の正体を知るアレクシアは頷く。

リバシティは手に付けていた金のブレスレットを外した。すると、体が急に光り出す。

驚くルシアードをよそに魔国組やゼストは冷静に見ていた。

そして光が収まるとそこに立っていたのは、群青色の長髪を後ろで纏め、神秘的な紫の瞳がデズモンドによく似ている、だが彼と違いどこか優しい雰囲気を持っている青年だった。

デズモンドを筆頭に、魔国王妃ステラに、魔国王女リリスと魔国王太子マクロス、それにアーウィング魔公爵やランゴンザレスが跪《ひざまず》く。

リバシティは魔法の天才で、十万の敵国兵と戦った伝説の一人である。

その実力を認められ四老会の一員となったが、彼の本当の姿を知っているのはごく一部の重鎮だけだった。もちろんアリアナはその一人だ。

「相変わらず面白いでしゅね、デルタス前魔国国王陛下」

アレクシアにデルタスと呼ばれた青年は、悪戯がバレた子供のように笑ったのだった。

4 アレクシア 対 エルバハナ

「ああ、アリアナ。いや、今はアレクシアかな。こうしてまた会えるとは……君が亡くなってからこの国は悲しみに包まれたままだった。でも今日懐かしい魔力を感じて驚いたよ。まさか本当に君だったとはね……調べる手間も省けた」

「そういえば、何でデズモンド達はシアのことが分かったんでしゅか？」

「おい、今さらだな」

アレクシアの発言に呆れるデズモンド。

「俺はお前の少しの魔力ですら感じ取れるんだ。だから魔力を感じた時はどんなに嬉しかったか……それにアレクシアの存在を先に知っていても何も言わなかったしな、ランゴンザレス？」

そう言ってデズモンドはランゴンザレスを睨みつけた。

「あら、報告しようとしたんですが忙しくて～？」

睨まれても笑顔のランゴンザレス。アレクシアは二人のやり取りを見て苦笑いする。

デルタスはさらに近付いてアレクシアと話そうとしたが、そこに三人の男――ルシアード、ゼスト、デズモンドが立ち塞がる。

「……君達、大物の割には心が狭いね」

デルタスは呆れながらそう言うと、二人はショックを受けたように固まった。

「相変わらず辛辣でしゅね。元気に余生を過ごしてるでしゅか？」

「……アレクシア、私はまだそこまで年老いていないよ。父と勘違いしているのかい？」

アレクシアの言葉に、デルタスが苦笑いする。

「ああ、そうだ！　その爺に会いたいでしゅ！」

そう言って、悪巧《わるだく》みをするような顔になるアレクシア。

デイルズはデルタスの父、デズモンドの祖父であり、先々代の魔国国王である。

「父上は君が亡くなってすぐに旅に出てしまってね。ずっと帰ってきていないんだよ」

デイルズはアリアナを孫のように可愛がっていたので、彼女の死がショックなのもあり、魔国から離れて旅に出ていったのだ。

「ええ！　四百年以上も帰ってこないんでしゅか！　……ついにあの爺は死にまちたか？」

「ぶっ……死んではいませんよ。たまに手紙が届きますから。数ヶ月前に届いた手紙ではアリアナの気配がすると書いてあってね、とうとう頭がおかしくなったのかと思いましたが……本当でしたね」

「シアが言うのもでしゅが、デルタス……本当に毒舌でしゅね」

そう言って苦笑いするアレクシア。

デルタスは未だに不貞腐れているルシアードとゼストを見ると、急に真剣な顔付きになる。

「アウラード大帝国皇帝ルシアード殿、竜族長ゼスト様。この度はうちの息子を婚約者として受け入れて頂きましてありがとうございます」

デルタスはそう言いながら頭を下げる。

アリアナと再会してからデズモンドは息を吹き返したように生き生きしていた。そのことが父親として本当に嬉しく、婚約を許してくれたルシアード、ゼストに感謝を伝えたかったのだ。

そんな父親の行動に、デズモンドは驚きつつも感謝する。

「父上……ありがとうございます」

「今回は絶対に幸せになりなさい」

素直に頭を下げるデズモンドを優しく撫でるデルタス。

「「まだ正式には認めて……いっ！」」

空気が読めないルシアードとゼストは反論しようとしたが、足に痛みを感じて下を見ると、アレクシアが勢いよく脛《すね》を蹴っていた。

「馬鹿ちんでしゅか！　いい加減に空気を読みなしゃいな！」

小さな幼女に怒られてシュンとする人族最強の皇帝と世界最強の竜。デルタスはそんな光景に呆気に取られていた。

「そういえばエルバナに挨拶したいんでしゅが、どこにいましゅか？」

アレクシアがふとデルタスに尋ねると、デルタスとデズモンドの顔色がみるみる変わっていく。

エルバナとはデルタスの妻、つまり前魔国王妃である。当然アリアナとは知り合いだ。

「エルバナに会うのかい？　この子、本気で言っている？」

デルタスは呆れてデズモンドを見る。

「ああ、本気だ。それに昔のことを絶対に忘れています」

デズモンドはそう言い終えると、デルタスと一緒にアレクシアをジト目で見ながら頭を抱えた。

「ん～？　シア何かやらかしまちたか？」

「……俺に聞くなよ！　お前何したんだ!?」

アレクシアはゼストに聞くが、反対に怒られてしまう。

アレクシアが暫く考え込んでいると、すぐに廊下が騒がしくなり、次第に悲鳴や爆発音が鳴り響き始めた。

「ああ、君の魔力を感じて暴れ出したから閉じ込めておいたんだけど……駄目だったね」

デルタスはそう言ってため息を吐いた。

少しすると、先程までドアがあった部屋の入り口に、とても可憐な少女が立っていた。

ピンクの艶やかな髪と海のような青い瞳は、まるで精巧に作られた人形のようだ。

その少女こそ、前魔国王妃エルバナであった。

「あ〜！　エルバナ〜！　久しぶりでしゅね〜！」

アレクシアが、エルバナに向けて嬉しそうに手を振る。

「……！」

「ん？　何でしゅか？」

聞こえないので耳を澄ますアレクシア。

「……ア！」

「何て言ってるんで……」

「てめぇアリアナ！　コラァァァー！」

可憐な少女がドスの聞いた声で叫び、アレクシアを睨みつける。

さすがのルシアードも、少女とは思えない迫力に驚いて目が点になった。ルシアードの珍しい表情を見て、五匹の子犬従魔達は笑い転げる。

「うわっ！　相変わらずの鬼ババアでしゅ！」

アレクシアはそう言って、一番安全なポーポトスの後ろに隠れる。

「誰がババアだって！　てめぇ……覚悟しろよ！」

手をボキボキ鳴らしながら、凶悪な笑顔でアレクシアに近付いていくエルバナだが、目の前のポーポトスを見て顔が引きつった。

そこにデズモンドがやって来て、アレクシアを庇うように立った。

「母上、お怒りになるお気持ちは分かりますが、落ち着いてください」

息子であるデズモンドが説得を試みる。

「ああ？　お気持ちが分かるなら黙ってな！」

エルバナはデズモンドを無視して歩き出そうとするが、次にゼストが立ち塞がる。

「エルバナ魔王太后妃。お久しぶりですね、うちのお転婆が何かやらかしましたか？」

「……あんた、どうやってこいつを育てたの！　魔国でこいつがやらかした悪行《あくぎょう》の数々をここで全部ぶち撒けましょうか⁉」

エルバナは物凄い剣幕でゼストに説教を始めた。

ゼストはアリアナの数々のやらかしを知っているので、何も反論出来ずに黙って怒られている。

「ジジイは何も悪くないでしゅよ！　死ぬ運命だった人族の赤ん坊を助けて大事に育ててくれまちた！　アリアナっていう名前も付けてくれまちた！　だから今のシアがいるんでしゅよ！」

あまりに理不尽な物言いのエルバナに反論するアレクシア。

「何よ！　私が悪いみたいに言うけど、あんたは私の大事な娘達を奪ったのよ！」

エルバナは急に目に涙を溜めて、非難の眼差しをアレクシアに向ける。

「大事な娘達？」

アレクシアは思い当たる節がなく首を傾げる。

「おい、この女は一体何なんだ？」

ルシアードは大事な愛娘に詰め寄るエルバナに嫌悪感を示す。

「ルシアード皇帝陛下。彼女は私の妻で、デズモンドの母親です」

デルタスが苦笑いしながらエルバナを紹介する。

だがここで、アレクシアの父親が皇帝陛下だと聞いて、エルバナは驚いた。

「皇帝陛下？　ってことはあんた皇女なの!?」

デルタス達は彼女にあまりアレクシアの情報を言っていなかったのだ。

「そうでしゅよ！　えっへん！」

胸を張るアレクシアと未だに唖然としているエルバナ。あの自由人のアリアナが、今世では大帝国の皇女になっていることに、エルバナは衝撃を受けていた。

「あんたに皇女なんて務まるの？　自由奔放で、破天荒で、光り物が好きで、人を怒らすのが得意で、破天荒で……」

「シアのことが大好きなんでしゅね。あと破天荒って二回言ってましゅよ！」

先程から激しく言い合っているように見えるアレクシアとエルバナだが、二人の間には刺々《とげとげ》しい空気はない。

　そんな二人を笑顔で見ているデルタスの元へゼストがやって来てコソコソと話を始めた。

「うちの馬鹿娘は一体何をやらかしたんだ？」

「ああ〜、実は昔、エルバナが大事に育てていた魔犬ケルベロスが、アリアナを気に入って旅についていってしまってね。エルバナは大層可愛がっていたから、相当ショックだったらしくて暫く泣いて過ごしていたよ」

　デルタスはそう言いながら、足下でコロコロ転がっている小さな子犬三匹を見つめて嬉しそう微笑む。

「ふふ、君達にまた会えて嬉しいよ」

　近寄ってきたデルタスに気付いた魔犬達は嬉しそうに尻尾を振っている。

『デルタスしゃまだーー！』

　みたらしが忙しなく尻尾を振っている。

『こんちはーー！』

　元気一杯の声を出すきなこ。

　あんこはデルタスの周りを嬉しそうに回っていたが、回りすぎたのかコテッと倒れた。

「ははは、君は相変わらずだね」

　そう言ってあんこを優しく抱っこするデルタス。ふと穴が空きそうな程の視線を感じて振り向と、エルバナが血走った目で見ていた。

フラフラと近寄ってくるエルバナに気付いた三匹は、アレクシアの後ろに急いで逃げていく。

それにショックを受けたエルバナは、目に涙を浮かべて膝から崩れ落ちた。

「どうして……？　あなた達の気配をまた感じた時にはどんなに嬉しかったか！　でも近くにアリアナの気配も感じて会いに行くのを迷っていたの……でもこんなに拒《こば》まれるなんて！　うぅ……！」

エルバナはデルタスに抱きついて泣き始めた。彼女は当時、アリアナの死にも驚いたが、同時に愛おしいペット達の死も知って、大事な娘達ってこの子達でしゅか？」

「もしかしてだけど、大事な娘達ってこの子達でしゅか？」

アレクシアが泣いているエルバナに聞いた。

「そうよ！　大事に大事に育てたうちのレディー達を！」

そうエルバナが言ったあと、周りは沈黙に包まれた。

暫くの沈黙の後にデルタスが口を開いた。

「あまりに嬉しそうだからオスだと言いづらくてね」

デルタスはとぼけた顔で言う。

「エルバナ。……この子達はオスでしゅよ。仲良し三兄弟でしゅ！」

アレクシアは呆れながらも、エルバナに説明する。

『そうでしゅ！　みたらしは男でしゅよ！』

『いつもドレスを着せられて地獄でちた！　だからアリアナについていったんでしゅ！』

みたらしはぷんすか怒っていて、きなこは当時の黒歴史を思い出し恥ずかしくてコロコロ転がる。

あんこも思い出したのか悲しくてポタポタと泣いていた。

「そんな！　オスなの!?」

「おい！　相変わらず馬鹿ちんすぎでしゅよ！」

衝撃を受けるエルバナを見て、アレクシアは驚くしかない。

するとルシアードがポタポタ泣いているあんこを抱っこして、驚くエルバナの元へ歩いていく。

「おい、見ろ。ちゃんとここに……」

「言わせねーーでしゅよ!!」

アレクシアはそんなデリカシーのない父親に飛び蹴りをして、しっかり黙らせたのだった。

「む。アレクシア、痛いぞ」

アレクシアの飛び蹴りが太ももに直撃したルシアードだが、痛いと言いながらもどこか嬉しそうだ。

「父上はデリカシーがなさすぎましゅよ!!」

そう言ってあんこを取り返しながらぷんすか怒るアレクシアだが、周りの大人達はお前もなと心の中で思っていた。

そんな中、ショックを受けているエルバナに近寄り、優しく抱きしめるデルタス。

「エルバナ、すまない。私がちゃんと君に言っていればこんなことにはならなかったね」

「……デルタスは悪くないわ。私が勝手に女の子だと思ったのよ、ごめんなさい」

甘い雰囲気をプンプンと漂わせているデルタスとエルバナに皆が苛つき始める。

「そこの馬鹿ちん夫婦！　自分達の世界に入らないで戻ってきなしゃい！　まずはこの子達にも謝ってくだしゃい！」

アレクシアは自分の後ろに隠れているみたらしときなこ、そして抱っこしていたあんこを馬鹿ちん夫婦の前に並べた。

「ピッピちゃん達……」

「ストーップ！　ピッピちゃんじゃないでしゅよ！　何なんでしゅかそのピッピちゃんって！」

アレクシアは笑わないようにしているが、肩が震えていた。

「おい、本当に何なんだあの女は？　本当に魔国王太后なのか？」

アレクシアとエルバナのやり取りを見て、ルシアードは首を傾げる。

『あの娘は生まれた時から頭がお花畑なんだよ』

今までつまらなそうにしていたウロボロスが、エルバナの話を始めた。

エルバナは由緒《ゆいしょ》ある魔侯爵家に生まれて、蝶《ちょう》よ花よと大事に育てられた。そしてその愛くるしさで人々を魅了する子供になった。

幼馴染《おさななじみ》だった魔国王太子デルタスとは相思相愛だったので、婚約から結婚と順調に進んでいった。

だが、エルバナは壊滅的にお馬鹿だった。

魔王宮で行方不明になり捜索隊が出るのは日常茶飯事で、安い壺《つぼ》や皿を莫大な金額で買わされたり（売りつけたのはアリアナだ）するので、周りがさらに過保護になってしまった。

幼い頃に誰かがちゃんとエルバナを教育していればまだ良かったのだが、大人になってしまったこの完成されたお馬鹿にどんな教育者もお手上げだった。

ケルベロスの件も、デルタスや周囲の者が何も言わずにエルバナに好き勝手させた結果だ。

デルタスは魔犬を不憫《ふびん》に思って助けようとしたが、嬉しそうなエルバナを見ると何も言えず、たまたま魔国に来ていたアリアナに助けを求めた。

そうしてアリアナはデズモンドに事情を話して交渉し、懐いた魔犬を引き取って新たな契約者になったのだ。その時、デルタスはついでとばかりにアリアナに眉毛を極太にされたが、今回は怒れなかった。

「ふん、救いようのない奴だ。そんな女と結婚するなんて王として……何だ？」

ウロボロスの話に怒りを露わにするルシアードだが、アレクシアはそんな父親をジト目で見ている。

「父上、自分の胸に手を当ててよく考えてくだしゃいな。自分の妻達はどうでしゅか？　皇妃は腹黒、第一側妃は不気味、第二側妃は性悪、第三側妃は子殺し未遂となかなかのもんでしゅよ」

「………」

アレクシアの的を射た発言に、ルシアードは何も言えなくなる。

彼は確かに、エルバナのやったことが可愛く思える程、濃い女達と結婚していた。そのことにルシアードは今改めて気付いて衝撃を受けていた。

「大馬鹿ちんなのは昔からでしゅから慣れてましゅが、この子達はシアの大事な仲間で家族でしゅから絶対に渡しましぇんからね!!　もちろん白玉も黒蜜も!!」

『『『『うわーーん!　主しゃまー!!』』』』

アレクシアがエルバナに堂々と宣言すると、五匹は嬉しそうに尻尾を振りアレクシアの周りをくるくると回る。が、いつものようにあんこがコテッと倒れた。

「……分かったわ。この子達も幸せそうだし、あんたは息子の嫁になるんだしね」

色々あったが素直に喜ぶエルバナと、そんな妻を見て嬉しそうに微笑むデルタス。そして二人は改めて魔犬に謝った。

——こうして婚約はデズモンドの念願叶って成立した。正式な婚約式は後日落ち着いたら行うことになった。

懐かしい者達と再会したアレクシアの希望で、この日は魔王宮に泊まることになった。

そして案の定アレクシアと誰が一緒に寝るかで最強トリオが喧嘩になっていたが、その間に当の本人は五匹とともに部屋に行き眠りについたのだった。

5　竜の谷へ出発します！

翌日、竜の谷に行くために、魔国を出ることになった。

魔国国王であるデズモンドは、暫くの間息子である魔国王太子マクロスや父親の前国王デルタスに国を任せて、愛しのアレクシアと行動をともにすることにした。

魔国からはポーポトス、ランゴンザレス、それにウロボロスも同行することとなった。

ステラは諦めきれず一緒に行きたがったが、戦闘狂である彼女に最強種族である竜族がいる所で暴れられては困るので、ステラの父親であるフリード魔公爵の説得で渋々諦めた。

マクロスも魔国王女であるリリスも本当は一緒に行きたかったが、父親であるデズモンドのアレクシアに対する思いを知っているので、あえて何も言わずに国を守ることに専念しようと身を引いたのだった。

そんな子供達の思いを知ってか知らずか、デズモンドはルシアードと小競り合いをしていた。

「私がアレクシアを抱っこします。……お義父さん」

そう言って不敵に笑うデズモンドと、お義父さんと言われて唖然とするルシアード。

「ワァオ！　新たな攻撃を仕掛けまちたね！」

「ええ。だいぶやられてるわねぇ～！」

そんな二人を見て何故か楽しそうなアレクシアとランゴンザレス。

ルシアードは〝お義父さん〟と言われ、服を突き破りそうになる程の鳥肌が立っていた。

「大丈夫ですか？　……お義父さん」

「おい、やめろ。殺すぞ？」

面白がるデズモンドに、キレる寸前のルシアードが本当に殺気を出したので皆がアレクシアを見る。

「もう、結局シアが止めるんでしゅか！　すっとこどっこいどども、喧嘩してる暇はないでしゅよ！」

アレクシアは睨み合うデズモンドとルシアードの間に入りぷんすか怒っている。

「今は一分一秒でも惜しいのに、何をしてんでしゅか！　この馬鹿ちんどもが！　置いて行きましゅよ！」

「「すまない」」

最強の男達がちんまりした幼女に怒られているのはいつ見ても異様な光景だが、ここにいるメンバーからしたら普通のことなので、気にすることなく各々が準備をしていた。

「私は先にアウラードに行って事情を説明してくるわ。そうしたらすぐに後を追うから～」

本当はルシアードがアウラードに戻ることが一番なのだが、彼がアレクシアと離れることは絶対にないと思った周りが話し合い、アウラードの者と顔見知りであるランゴンザレスが報告をするために、アウラードへ赴くことになった。

「ランしゃん、ごめんでしゅ。よろちくお願いしましゅ！　……父上も謝るんでしゅよ」

アレクシアはランゴンザレスに頭を下げながら、横にいるルシアードに圧をかける。

「……よろしく頼む」

「あらあら～！」

ランゴンザレスは素直に頼んできたルシアードに驚きながら、転移魔法でアウラードに向かっていった。

そして準備を終えたアレクシア達は、魔王宮の門へと向かう。

門に着いたアレクシアはそこに集まっていた人々に挨拶を済ませ、また会いに来ることを約束した。

そして愛する五匹を呼ぶと、尻尾を振ってやって来たみたらしときなこを肩に乗せる。頭にウトウトしているあんこを乗せると、アレクシアは重さでプルプル震え始めた。

そんな姿を見て大笑いするウロボロスだが、羨ましそうだった。

「アレクシア、こいつらは歩けるんだから降ろせ。お前が動けないだろ」

愛娘を心配したルシアードが一匹ずつ引き離そうとするが、子犬達はびくともしない。

「うぅ……腰が！　三歳にして腰をやりまちた！」

そう言って腰を押さえるアレクシアを見て、みたらし達は急いで下に降りて心配する。

『大丈夫でしゅかー！　主しゃまーー！』

『死んじゃいやーー!!』

みたらしときなこの言葉に、アレクシアは辛そうに答える。

「大丈夫でしゅよ……多分」

お婆さんのように歩くアレクシアを、ゼストが横からスッと抱える。

先を越されたルシアードとデズモンドは不機嫌になるが、ゼストはそんなことを気にせずに転移魔法の準備を始める。

「ミル爺、オウメ、待っててくだしゃいね！」

アレクシアは大事な人達との再会に思いを馳せ、ゼストに抱えられながら眩い光の中に消えていった。

6　その頃アウラード大帝国では？

アウラード大帝国は、人族が治める国の中では群を抜いて巨大な国だ。

豊富な資源に加えて、他の国々を圧倒する軍事力を持ち、実力主義社会で平民でも能力次第で出世出来る、先進的な国である。

そんな大帝国をたった数年でさらに強大にした立役者で、歴代最強の皇帝と謳《うた》われる賢帝ルシアード第十五代皇帝陛下には優秀な側近がいる。

その代表格が今、皇帝陛下不在の政務室で書類の山の処理に追われていた。

彼の名前はロイン。ルシアードの最も優秀な側近である。

彼のピリついた雰囲気に、他の政務官達はかつてない緊張感に見舞われている。静まり返る室内に響くのはペンを走らせる音のみだ。

皇帝陛下と第四皇女アレクシアが魔国に旅立ったことは貴族間でも大きな話題となり、ロインの元に説明を求める者達が次々と現れ、その対応にも時間を取られていたのだ。

さらにそれ以上に、彼の心をざわつかせることがあった。

アレクシアが陛下とともに魔国へ旅立った日の翌日の夜中に現れた、見たこともない大きな黒い鳥が持ってきた書状のことである。

それはルシアードからの手紙で、その内容は、エリーゼを操っていた黒幕は皇太后であるプリシラだとエリーゼが自白したので調べろ、とのことだった。

それを読んだロインは、アレクシアを狙った理由は分からないが、あの人ならやりかねないと感じていた。

そうして、プリシラのことを秘密裏に調べ始めたロインは寝不足になっており、それがさらに彼をイラつかせているのだった。

すると、いきなり政務室全体が眩い光に覆われる。

すぐに光は消えていき、そこにはアレクシアのお友達である魔族のランゴンザレスが優雅に立っていた。

立ち姿は息を呑む程に気品があるが、全身ピンクのド派手なスーツが見事にそれをぶち壊している。

「こんにちは～。お仕事中ごめんなさいねぇ～！」

ロインは、見慣れたと思っていたランゴンザレスの強烈な存在感に衝撃を受けつつ尋ねる。

「どうしました？　まさか皇女に何かありましたか⁉」

「皇帝陛下も心配しなさいよ～」

「あの人は死にませんから」

ロインの真面目な答えに、ランゴンザレスは大笑いする。

「ああ、その不死身の皇帝さんとアレクシアからの伝言を伝えに来たのよ～」

「何だか嫌な予感がしますね……」

アレクシアからの伝言と聞いてロインは頭を抱える。

「あ～、あのね。アレクシアからは『ちょっと予定を変更ちて竜の谷に向かうから、帰るのがおくれましゅ』だって！　不死身皇帝さんは『む。あとは頼む』って言ってたわ！」

ランゴンザレスからの伝言を聞いて、えげつない冷気を放つロイン。政務官達はそんなロインを見て震えていた。彼らはこれから、この冷気を放ち怒りに満ちたロインと仕事をしなくてはいけないのだ。

「田舎の両親に会いたい」

「奥さんに会いたい」

「……お前独身だよな？」

「将来結婚出来るまで生きていられるか分かんないから言ったんだよ！」

そう言って泣き崩れる政務官の男性を励ます仲間達。

そんな周りを見て、苦笑いするランゴンザレス。

「今、竜の谷って聞こえたんですが本当に実在するんですか？　ああ、ゼスト様が存在したんですからありますよね……ハハ」

政務官の一人はそう呟いて脱力していた。

一方ロインは遠い目をして、自問自答していた。

そうして少し考えたあと、ため息を吐いてから口を開く。

「伝言、ありがとうございます。陛下と皇女には、『帰ってきてからゆっくりと話し合いをしよう』とお伝えください。『早く帰らないとその分話し合いが伸びる』ともお伝えくださると助かります」

ロインは悪魔のような笑顔で、ランゴンザレスにそう言伝《ことづて》を頼んだ。

「魔族である私でも寒気がするわ、その笑顔」

ロインの笑顔を見てゾッとするランゴンザレスは早くここから去ろうとしたが、アレクシアからの言伝がまだあったことを思い出した。

「ああ、そうそう！　アレクシアからの伝言がまだあったわ！　『ロイン伯父上、怒ってましゅか？　これはシアからの賄賂でしゅ！　これで説教はご勘弁でしゅ！』……だそうよ？」

「いちいち真似をしなくて結構ですよ。賄賂って言ってしまってますよね……はぁ」

キリキリ痛み出した胃を擦りながら、ランゴンザレスが亜空間から何かを取り出すのを待っている。

だが、ロインの執務机に置かれたのは、彼の想像を遥かに超えた物だった。一つは大きすぎて置けないので絨毯《じゅうたん》の上に置いた。

「この大きい黒い鱗は魔国の邪悪竜ウロボロスの鱗よ〜！　アレクシアが無理矢理剥がしたのよ。あと、これはウロボロスが大事にしていた破滅の秘宝、これもまぁ……昔あの子が盗んだのよ」

ロインは、神話に登場する邪悪竜ウロボロスの名を聞いて唖然とする。

さらにその邪神竜の鱗を剥がし、大事にしていたこの巨大な黒い宝石を盗むという行為を犯した姪《めい》に驚いて、胃を押さえたまま倒れてしまうのだった。

†

とある広い屋敷に、弱って眠る老人とその横で震える小さな子竜達を、必死に守るように抱きしめている老婆がいた。

そんな老婆も今にも倒れそうな程に弱っていた。

「ああ、この子達だけでも守らないと……」

重要な人物であろう二人の老人とアレクシアが巻き起こす新たなる事件は、彼女がこれから向かうであろう竜の谷を大きく揺るがしていくことになるのだった。

番外編　アレクシアの冒険録

これは、魔国国王デズモンドと再会する直前に起こった出来事だ。

「もう少しで勉強地獄が始まりましゅ……」

「む。アレクシア、皇女として教育は必要なんだ。だがロインは鬼畜すぎるな」

器用にも朝ご飯をモリモリと食べながら落ち込むアレクシアを、父親であるアウラード大帝国皇帝ルシアードが励ましている。

「父上！　父上は最近ロイン伯父上に言い負かされすぎでしゅよ！」

「む。確かに……だが、あいつは俺の大事な宝を盾にしてくるんだ！」

そう言ってルシアードは頭を抱えてしまった。

「何でしゅとー！　お宝でしゅか!?　まさか皇室秘蔵《ひぞう》のものしゅごいお宝を……ぐぬぬ……伯父上は独り占めしようとしているんでしゅか!?」

「ああ、俺の大事なアレクシアのコレクションを……一つずつ捨てますと笑顔で言うんだ！」

「……もぐもぐ……」

怒りを露わにしながら悔しがるルシアードを無視して、黙々と食べ始めたアレクシア。

そんなアレクシアの足元では、五匹の子犬従魔が綺麗に横並びして大好きなレッドボアという魔物の生肉を嬉しそうに頬張っていた。

朝の微笑ましい朝食の光景だが、アレクシアはいきなりテーブルをバンと叩くと椅子の上に立ち、ルシアードを見下ろす。

そんな愛娘の突然の行動にポカンとするルシアードと、音に驚いてコロンと転がってしまう末っ子のあんこ。

「シアは今から始まる地獄の勉強の前にやりたいことをたくさんやりましゅよ！　ウオーー！　でしゅ！」

アレクシアの突然の雄叫《おたけ》びに、部屋の前で待機していた近衛騎士達が飛び込んできた。

「陛下！　皇女殿下！　ご無事ですか⁉」

「……ゴホン……わたくちは大丈夫ですわ。お戻りになって？　いつもありがとうでしゅわ」

椅子に座りお上品に食事をしているアレクシアを見て、いつもと違う彼女に首を傾げる近衛騎士の面々は、恐る恐るルシアードに視線を移した。

「ああ、特に問題ない。いつもの可愛い雄叫びだ」

ルシアードがそう言うと、すぐに納得した近衛騎士達は一礼して退出した。

アレクシアは近衛騎士の退出を確認すると、また椅子の上に仁王立ちになった。

「父上！　今度こそシアの味方になってくだしゃいよ！　じゃないと伯父上が何かする前にシアがそのコレクションを燃やしましゅ！」

「……む。アレクシア、お前がやりたいことは何なんだ？　教えてくれないと助けられないぞ？」

そう言われたアレクシアは、スカートのポケットからしわくちゃになった紙を渋々取り出す。そしてもうすでに手を差し出しているルシアードに渡した。

「……アウラード大帝国冒険者ギルド〝魔物討伐隊〟募集！　北の領地サイドラに突如として現れたS級魔物ワイバーンの変異種の討伐隊を募集します。募集条件は冒険者ランクA級以上であること。A級以上の魔物討伐経験があること。報酬は金貨五千枚以上とランクアップ。…………む。出発は明後日か」

「シアはこれに参加予定でしゅ！　ドヤッ！」

「変異種だかなんだか知らないが、ワイバーンごときにこんな高額な報酬が必要なのか？」

紙を見ながら本気でそう思っているルシアードを、アレクシアは呆れるように見る。

「父上はワイバーンなんてアリを潰すようなものかもしれましぇんが、普通のワイバーンでもA級以上の冒険者チームが命懸けで討伐するものなんでしゅよ！　変異種なら何かしらの魔法特化されているワイバーンでしゅから、S級冒険者チームが何組か協力して討伐しないといけないんでしゅ!!」

「む。そうなのか。だがこの募集には一つ問題がある。アレクシア、お前は確かC級冒険者ではなかったか？」

「…………。そこは大丈夫でしゅ！　問題はロイン伯父上だけでしゅよ!!」

これからロインを説得することになるアレクシアは憂鬱《ゆううつ》になりながらも、朝からお肉をおかわりしたのだった。


朝食後、ルシアードと手を繋ぎながらロインがいる政務室に向かうアレクシア。

途中でお手洗いに寄るアレクシアをトイレの入り口で待つこの国の皇帝陛下に皆が驚くというハプニングがありながらも、二人は気にすることなく目的地に到着した。

「おや？　アレクシア様、如何《いかが》なされたんですか？」

忙しそうに書類に目を通していた、アレクシアの母方の伯父であるロイン・キネガー公爵が笑みを浮かべて尋ねる。

「ああ～！　ロイン伯父上！　ずっと会いたかったでしゅ～!!」

「…………昨日会いましたよね？」

明らかに不審なアレクシアの言動に、目を細めるロイン。

「アレクシア様、何か私に頼みごとですか？」

ロインに全てを見透かされているような感覚に陥るアレクシア。だが、勇気を振り絞って先程の紙を黙ってロインに見せる。

「……。これに参加したいんですか？」

逃げるようにルシアードの後ろに隠れたアレクシアがひょこっと顔だけ出して頷き、また隠れてしまった。ちなみに五匹の子犬従魔達は食後の運動ということで中庭を走り回っていた。

「良いでしょう、是非参加してください」

「何でしゅとーー！　いくら伯父上でも父上が良いと言っているのに駄目って言う権利はないでしゅよーー……え？」

「え？」

簡単には下りないと思っていたロインの許可が下りてしまい、目が点になるアレクシアとルシアードの似たもの親子。

「おや？　行きたくないのですか？」

笑顔のロインを見て、恐怖すら感じるアレクシアとルシアード。

「本当に良いんでしゅか？　北の領地に行くんでしゅよ!?　約……何日かの旅になりましゅよ!?」

「約五日間と書いてありますね。ええ、旅の準備を進めましょう」

アレクシアには、今日はロインの頭に天使の輪が見えた。

「む。アレクシアが行くなら俺も行くぞ。アレクシアと五日も離れているなんて考えられない！」

「父上はこの国の皇帝でしゅよ！　五日も皇宮を離れたら駄目ですしゅ！」

「許可します」

「ほら！　シアまで巻き込まないでくだしゃい…………はあ!?」

　またもや簡単に許可が出てしまった。

　ルシアードは喜びのあまり大きくガッツポーズしているが、アレクシアもさすがにロインを怪しみ始めた。

「ロイン伯父上、一体何を企んでいるんでしゅか!!　父上を騙せてもシアは騙せましぇんよ！　まさかこの国を乗っ取るつもりなんでしゅか!?」

「はぁ……全く。賢いのかお馬鹿なのか」

　アレクシアの発言に呆れてしまうロイン。だが、それでも彼は、疑うアレクシアに一枚の紙を見せてあげる。

「何でしゅか？　…………北の領地で怪しい動きあり。領主であるラルク・サイドラ辺境伯が病に臥《ふ》せ、領主代行している息子が不正行為、そして魔物売買に手を染めている。至急調査が必要。…………何でしゅか、これ」

「私の友人が書いた物です。彼は北の領地サイドラで文官として働いています。三ヶ月前に領主であるラルク辺境伯が倒れてしまい、その息子であるモンドが領主の代行をしているのですが、用途不明金多くなり、さらには急に税を上げようとしていると報告がありました」

「む。明らかに怪しいな」

「はい。モンドとともに不正に関わっている者もかなりいるようです。私の友人は、魔物売買をしている取引資料も手に入れ、モンドを追及したようですが、逆に不正行為を捏造されて投獄されてしまいました。それが十日前です」

ロインの顔が厳しくなる。このままではその友人は殺されて、事件は闇に葬《ほうむ》られるだろう。

「この紙は誰がここまで届けたんでしゅか？　周りは信用出来ないでしゅよね？」

「彼、エラスの妻子が届けてくれました。急に犯罪者の家族になってしまい、住んでいた家を身一つで追い出されて、彼女達は何も持たずにキネガー家まで命懸けでやって来ました。今は我が家で休んでいます」

それを聞いて怒りが湧くアレクシア。

「酷いでしゅね！　シアがそいちゅらをボコボコにしてオーガの餌にしまちゅ！」

「本当にやりそうで怖いですが……とにかくエラスを無事に助けたいのと、もう一つ。ラルク辺境伯が急に病……というのも怪しいのでこちらも調べる必要があります」

「む。あのラルクが病などあり得ないからな」

ルシアードが病気であることを否定したように、ラルク・サイドラ辺境伯は熊のように大柄で屈強。アレクシアの祖父であるローランド・キネガー公爵や、バレリーの父親であるモール侯爵と並んで武闘派貴族として有名だ。魔物や山賊の討伐、それに隣国の密偵などを取り締まる大事な役目を果たしている。ルシアードが先帝を討《う》った時も、ローランドらとともに現場に駆けつけて協力してくれた。さらに皇帝になったルシアードに意見を述べられる数少ない人物でもあった。

「おお〜！　じいじの大切な脳筋仲間でしゅね！　じいじより先にあの世に行くのは可哀想でしゅから助けないとでしゅ！」

アレクシアの言いように苦笑いするロインだが、今はそれを注意する時間も惜しい。

「今回は皇宮は動きません。ですが、皇帝陛下が〝自ら〟不正を発見してしまえば……エラスは身分を気にせずに友人でいてくれた数少ない者です」

最後にポツリと言ったロイン。その切実な顔を見たアレクシアは必ず助けようと心に誓った。

「む。そういえばアレクシア。さっきも言ったがお前はC級冒険者だぞ？　それに俺はそもそも冒険者でもない」

「ああ！　それなら大丈夫でしゅよー！　チームを組んで、その中にA級冒険者以上がいれば大丈夫なんでしゅよ！」

アレクシアはルシアードにそう説明すると、皇帝であるルシアードの椅子によじ登った。そして後ろにある執務室の窓を開ける。

「白玉ー！　黒蜜ー！　みたらしー！　きなこー！　あんこー！　作戦Aを開始してくだしゃい！」

『『『『『キャンキャン!!』』』』』

中庭でくつろいでいた五匹の子犬従魔に何やら命じたアレクシア。すると、五匹は元気よくどこかへ走っていってしまった。

「何をしたんですか？」

アレクシアを訝しげに見るロインだったが、暫くして政務室のドアが勢いよく開いた。

ローランド・キネガー公爵が堂々と入ってきた。その後ろから、先程いなくなった五匹がよちよちと入ってきてアレクシアの横に一列に座る。

「おい！　こいつらがこんな紙を持って来たんだがどういうことだ!?」

そう言いながら、一枚の紙をアレクシア達に見せる困惑気味のローランド。

「『じいじ、シアと冒険者チームを結成してくだしゃいな。そして冒険者じゃない父上はシアの従者として連れていきましゅ!!』……………え？」

自分で読んでおいて理解が追いつかないロインは、また紙を読み返していた。

「サイドラに行くことは賛成だ！　皇宮として動けないなら、冒険者としてサイドラに入ればいいんだからな！」

ローランドがこう理解が早いのには理由があった。ロインとローランドですでにこの作戦は話し合われていたのだ。

キネガー公爵家を訪ねてきたエラスの妻子から事情を聞いたローランドはそこで大切な友人であるラルクの危機を知った。

だが、大きく動いてしまうと証拠隠滅を図られる可能性がある。

そんな時に、運良くサイドラから討伐依頼がギルドに持ち込まれた。ローランドがロインにそのことを話すと、ロインは何か考えるような仕草を見せてからこう言った。

「父上。その討伐に参加したい者が現れるかもしれません。それで解決出来ます！」

ロインは不敵に笑うと急いで部屋を出ていった。


「おお……全てはロイン伯父上に手のひらで転がされていたんでしゅね!? ぐぬぬ……悔しいでしゅ!!」

「む。俺も参加すると見込んでいたな？」

アレクシアとルシアードに詰め寄られるが、ロインは涼しい顔をしている。

「そんなことより、問題は陛下ですね」

「そんなことよりでしゅとー!?」

ロインの言葉を復唱するアレクシア。

「そうだな。さすがに皇帝陛下を従者になど出来ないからなー！」

「じいじ。何まともなことを言っているんでしゅか！ それじゃあロイン伯父上みたいでしゅよ！」

アレクシアが頭の固いロインを揶揄《やゆ》してローランドにそう諭すが、ロインに鋭い視線を向けられたので急いでルシアードの後ろに隠れた。

「む。俺はアレクシアの従者でいいぞ？」

何故か嬉しそうなルシアードに、ロインもローランドも呆れていた。

「ロイン伯父上！　もう時間がないんでしゅからシアの筋書きでよろちくでしゅ！」

「はあ……陛下がそれで宜しいのならアレクシア様の筋書きでいきましょう」

こうして、ローランド率いる冒険者チームがここに誕生したのだった。

†

そして魔物討伐隊出発の日。

冒険者ギルド前は参加者や見物人で賑わっていた。

野外のテント受付には四組の参加者が登録中だ。その横では今回同行するギルドマスターのアレンが厳しい顔をして立っていた。彼は元S級冒険者でかなり有名な人物であった。

そんなアレンの横に、見物人の前で仁王立ちする副ギルドマスターのデクスターがいた。彼の屈強な体格と強面が功を奏して、見物人はそれ以上近付いてこない。

賑やかに進む中、最後の冒険者が登録を始めた時だった。周りが異様に大騒ぎを始めたのでアレンとデクスターが急ぎ駆けつける。

そこにいたのは、あの伝説の冒険者であった。〝黄金の英雄〟と呼ばれる彼は単独でワイバーンの討伐は朝飯前であり、彼が通る場所には魔物の亡骸の山が出来るという。

「あれは黄金の英雄じゃない⁉」

「おお‼　黄金の英雄が参加するのか‼」

「黄金の英雄ーーー！！！」

周りのお祭り騒ぎにも顔色一つ変えない、黄金の英雄ローランド・キネガー。

「……シア恥ずかちいでしゅ。〝ルード〟、ここでは他人のフリをしましゅよ」

「む。ああ、そうですね。さすがに俺も恥ずかしいですぞ」

「おい、聞こえてるぞ！」

ローランドがそんな失礼極まりない親子を黙らせていると、周りが違う意味で騒ぎ始めた。

「あの後ろにいる豆粒……シアじゃねーか⁉」

「シッ……！　仮面を付けているのよ？　バレたくないのよ」

「ブッ！　おいおい！　どう見たってあのちんまりはシアだろ‼」

「シアの後ろの人は誰⁉　信じられないくらい綺麗な人ね‼」

黄金の英雄の後ろにいる人物達に、皆が興味津々だ。

一人は豆粒のように小さい幼女だ。何故か不気味な白い仮面を付けていて、周りに自分だとバレていないと思ってるのか、ドヤ顔で歩いている。その横には一列に並んでよちよち歩く可愛い五匹の子犬達もいた。

アレクシアを知っている冒険者達は、そんな彼女を生温かい目で見守っている。

一方、女性達の注目の的になっているのは、アレクシアの後ろを歩く男性だった。ローランドに負けず劣らずの高身長、綺麗な茶色の髪を後ろに纏めて、深い緑の瞳は全てを見透かしているようだった。

「うぅ……何故か目立っていましゅね」

「おい……当たり前だろ！　お前のような小さい冒険者なんていないし、そいつらも目立ちすぎだ!!」

『『『『キャンキャン!!』』』』

本気で分かっていないのか、首を傾げるアレクシアを見て呆れるしかないローランドと、その周りを嬉しそうに駆け回る本当に何も分かっていない子犬達。

「全く！　黄金の英雄と変身魔法をかけているのに、無駄に目立つルードのせいでしゅよ!!」

「ああ？　いやお前のその不気味な仮面のせいだぞ、多分。ほれ、あそこにいる幼子がお前を見て泣いているぞ！」

目の前で見物していた親子連れを指差し、猛抗議するローランド。父親に抱っこされていた幼子はアレクシアの仮面を見て大泣きしていた。

「…………。いや、じいじの顔が怖いんでしゅよ」

「お前、認めないのか？」

そんなふうに仲良さげに会話する祖父と孫を見て、面白くない綺麗な男、ルシアードが二人の間に割って入ってきた。

「む。シア様、こんなジジイ放っておいて登録に行きましょう」

「お前らなあ⁉　俺が登録するんだぞ！」

不気味な仮面の幼女を抱っこする綺麗な男に興味津々の見物人達。

そんな中、騒がしいが仲が良い三人と五匹の前に、アレンとデクスターが到着した。

「ローランドさん！　それにシアと……‼」

ルシアードの姿を見て、アレンは言葉に詰まり、デクスターは急いで跪《ひざまず》こうとしたが、ローランドに止められた。

「おい、こいつは冒険者シアの従者兼保護者のルードだ」

ローランドの目配せに気付いた二人は静かに頷いて、白い仮面を被るアレクシアに近付いていく。

「シア～！　何なんだその仮面は？」

「アレンしゃん！　おは！　今日は普通の美少女シアじゃなくて、謎の仮面の美少女シアでしゅ‼」

ドヤ顔で意味不明なことを言うアレクシアに戸惑うアレンだが、そこは深入りせずに気にしないことにした。

「おー！　子犬が増えてるな‼」

アレクシアよりも周りにいる子犬達に興味津々なデクスター。

だった。

「お前は確か豆腐《とうふ》だったか！」

『キャンキャン‼（白玉じゃ‼）』

デクスターに猛抗議する白玉と他の兄弟達だが、彼にとっては可愛い子犬が戯れてきているだけだった。

皆で登録する受付所まで行く。

他の冒険者チーム達と和気藹々と挨拶を交わしていたが、一組の冒険者チームだけは挨拶もせずにこちらを睨みつけていた。

「あの冒険者チームは？」

ローランドが警戒してアレンに情報を求めた。

「ああ、最近Aランクに昇格した…………〝赤の英雄〟だ」

「赤の英雄？？　今そのダサいネーミングが流行っているんでしゅか⁉」

「む。確かにダサいですね、シア様」

「おちび！　あれは俺が付けた名前じゃないからな！　俺はソロの冒険者で名はローランドだ！黄金の英雄は勝手にそう呼ばれているだけだからな‼」

ローランドが懸命に誤解を解こうとしていたその時だった。

この冒険者ギルドに向かってｍ凄まじい魔力が近付いてくるのが分かった。

あまりの凄まじさに冒険者達は膝から崩れ落ちてしまい、冷や汗が止まらない。見物人は一瞬で気絶してしまった。今回討伐に参加する冒険者チーム達もガタガタと震えが止まらない。

ローランドやルシアードは立っているが、アランやデクスターは今まで感じたことのないような凄まじい魔力に立っていられない。

だが、アレクシアはその魔力の犯人を知っていた。

「ジジイーー!!　魔力を抑えなしゃい！　この馬鹿ちんがーーー！！！」

空に向かい怒鳴っているアレクシアの視線の先には、派手な服装で美しい金髪を靡《なび》かせた、ルシアードに負けず劣らずの美丈夫が空に浮いていた。

「おい！　俺を置いて行くのか!!」

「ジジイは伯父上とお勉強があるじゃないでしゅか!!　人族はジジイの魔力に耐えられましぇん！まずは魔力を抑えてくだしゃいな!!」

怒り心頭のゼストを宥めるアレクシア。

「魔力？　今は抑えているぞ？　まぁ怒りでちょっと解放したが、ルシアード達は平気そうじゃねーか！」

「この人達はもはや人族じゃありましぇん！　化け物でしゅ！　討伐対象でしゅ!!」

アレクシアの暴言にローランドはため息を吐き、ルシアードは何故か嬉しそうだ。

「取り敢ええ降りてきてくだしゃい！」

アレクシアに言われて、地上に降りた竜族の族長ゼスト。

「俺も連れていってくれ！　お前と離れるのは嫌なんだよ！」

アレクシアに必死に詰め寄る美丈夫に、倒れていたことを忘れて皆が興味津々で注目していた。

「む。俺がシア様を片時も離れずに守っているから大丈夫だ」

アレクシアを自身の後ろに隠して、ゼストを睨むルシアード。

「シア様だぁ？　俺がこいつを守るんだ！　お前は仕事をしろ!!」

睨み合うルシアードとゼストに、周りの興奮は最高潮だ。

「おい、シアは一体何者なんだ!?　孤高のソロ冒険者、黄金の英雄とチームを組み、そんでもってあんな綺麗な兄ちゃん達がシアを取り合う……何故だ!!　ただの豆粒だろ!!」

「誰でしゅか！　今シアを豆粒と言った奴はーー!!　お前も豆粒にしてやろうかーー!!」

〝豆粒〟と呼ばれたことに反応して怒り出したアレクシアを、必死に宥めているローランド。

そんなカオスな状態のギルド前で、赤色の短髪と顔にある切り傷が印象的な青年だけはずっとローランドを見ていた。赤の英雄のリーダーであるリクだ。

(何でローランドさんはあんなガキとチームなんか組んだんだ!!)

悪意を持ってアレクシアを睨みつけているリクに、ルシアード、ゼスト、そしてローランドが気付かないわけがない。

五匹の子犬達も彼を威嚇している。だが、肝心なアレクシアは豆粒と言った冒険者を見つけ出して、彼の腕にしがみついて噛み付いていた。

†

暫くして何とか落ち着いた一行は、アレンを先頭に出発していく。

アレンとデクスターには、ゼストのことは知り合いだと誤魔化して竜族であることは伏せた。あの帝都に現れた黄金竜だと言ったらパニックになるからだ。

未だに神竜が現れたことは今も謎とされ、アウラード大帝国以外の各国も当時は大騒ぎだったが、神罰を恐れて何も言ってこないのが現状だ。そんな黄金竜ゼストはと言うと、アレクシアとの冒険に先程の怒りが嘘のように機嫌が良い。

結局、ゼストを無下《むげ》には出来なかったアレクシアは、彼を従者その二として参加させることにした。

「おい、その白い仮面は何だ？　まぁ仮面を取っても同じようなもんだけどな！」

「キイイ！　失礼なジジイでしゅね！　それにシアの従者なら敬語じゃなきゃ駄目でしゅよ！」

「む。シアさま。野蛮なこの男には敬語は無理ですよ」

そう言って鼻で笑うルシアード。

「ああ？　……ゴホン！　シア様、不気味なお仮面をお外しになったんですね！」

「外してましぇんよ！　敬語なのに失礼さに磨きがかかってしまいましゅ！」

ゼストの敬語に怒り心頭のアレクシア、そんな彼女をローランドが笑いながらも宥めた。五匹の子犬達は他の冒険者チームにおやつをもらって嬉しそうに食べていた。

「おいガキ！　さっきからうるせーよ!!　遠足じゃねーんだぞ！」

いきなり後ろにいた赤の英雄リーダーのリクがアレクシアに怒鳴り出した。

「確かにうるさかったでしゅ。すみましぇん」

素直に反省するアレクシアを皆が温かい目で見ていた。ここで終われば良かったのだが、リクの怒りは収まらない。

「俺だけに謝らずに他の冒険者やアレンさんにも謝ってこい！」

アレクシアはよちよちと前にいる他の冒険者やアレンの元へ歩いていくが、先にローランドが向かい皆に謝り始めた。

「騒いで悪かった」

「おいおい、俺達は何も気にしちゃいねーよ！　あんたらの会話は面白いしな！」

「そうよ！　こんな可愛らしいお嬢ちゃんに謝ってこいって……信じられないわ！」

「別に騒いだうちに入らないだろ！　他の冒険者チームはもっとうるさいぞ!?」

他の冒険者達は逆に、赤の英雄のリーダーであるリクの言い分に呆れていた。それはギルドマスターのアレンも同じでリクを非難の目で見ていた。

「む。シア様に文句があるなら俺が受けて立つぞ？」

「そうだな！　かかってこいよ！」

怒りが収まらないのは、ルードことルシアードと、ゼストだった。

彼らの尋常じゃない程の殺意を感じて冷や汗が出るリクだが、そこにアレクシアがよちよちと戻ってきて二人を宥め始めた。

「やめなしゃいな！　主であるシアの言うことを聞けない従者は即刻解雇でしゅよ!!　帝都に帰りなしゃい!!」

「む。…………分かりましたぞ」

段々と敬語が変になるルシアード。

「ケッ！　分かったでありますよ！」

ゼストはそう言うと、アレクシアを抱えて歩き出したのだった。


それから二日間は野宿をしながら順調に北の領地サイドラに向かっていた。あれからアレンや他の冒険者チーム、そしてローランドやルシアード、ゼストの厳しい監視を受けていた赤の英雄はアレクシアに絡むことはなかった。

「野宿はいいでしゅね〜！　白玉！　黒蜜！　みたらし！　きなこ！　あんこ！　今日は森があるからそこで晩御飯を食べてきてくだしゃいな！」

『『『『キャンキャン！』』』』

アレクシアにそう言われた子犬達は嬉しそうに森の中へ入っていった。これに驚いたのがアレンと他の冒険者チームだ。

「おいシア！　この森は魔物が多いから子犬達を連れ戻せ！」

「アレンしゃん、大丈夫でしゅよ！　子犬達は強すぎましゅから！」

「どこがだ⁉　あんなちんまりした子犬は丸呑みされて終わりだぞ‼」

アレンが呑気にスープを飲むアレクシアを説得していると、ここぞとばかりに赤の英雄のリーダーであるリクが絡み始めた。

「自分のペットが食われても良いんだろ！　また新しいペットを飼えば良いもんなぁ⁉」

嫌味たっぷりと言いながら笑っていたリクだが、次の瞬間に森から強力な魔力を感じて立ち上がる。

「おい、これは何なんだ⁉　S級魔物でもこんなに魔力なんてないぞ⁉」

アレンや冒険者達が急いで戦闘態勢を取るが、何故かアレクシアはスープに夢中で、従者であるルードそんなアレクシアの口を拭いたりと嬉しそうに世話をする。ゼストは横になって欠伸《あくび》をしていていた。

「お前達、多分大丈夫だから飯を食ってくれ」

ローランドが自ら作ったスープを皆に渡していく。そんな彼らに唖然としていたアレンや冒険者達だが、魔力は目の前まで近付いていていた。

『『『『キャンキャンキャン！』』』』

その魔力の元を辿ると、先程森に入っていった子犬達だった。子犬達の口の周りは血塗れであったが、この子達の血ではないのは明らかだった。

「早いでしゅね～！　美味しかったでしゅか？」

『『『『キャン』』』』

満足そうな子犬達にクリーン魔法をかけているローランド。

「この子犬達は一体……」

「いや……俺はそんな子犬達をペットにして、得体《えたい》の知れない恐ろしさがあるあのルードという男とゼストという従者を引き連れているシアが一番怖いぞ」

「そうね……あんな良い男達を手玉《てだま》に取る三歳……将来が楽しみね」

さすが最強クラスの冒険者達というのか、最初は驚いても納得するのも早い。

だが、納得出来ずスヤスヤ眠る子犬を可愛がったり、アレクシア達に自ら話しかけに行く他の冒険者やアレンの姿を見て呆然とする男がいた。

（なんで何も言わないんだ⁉　明らかにあの犬も男達もおかしいだろ！　あのガキは何者なんだ？）

悔しそうにアレクシアを睨みつけているリクを赤い悪魔の他のメンバーが宥めていた。

そしてついに北の領地サイドラに到着した。町を巨大な壁で取り囲んでいて、まるで要塞のようだ。そこを見張る兵士達は、この厳粛な町に似合わないガラの悪そうな者達だった。

「半年前に訪ねた時と随分変わったな……特に兵士達は明らかにおかしいな」

ローランドが厳しい目で兵士達を見ていた。

「ラルクの部下にあんな腑抜けたような奴らはいなかった。俺が早く気付いていれば……」

「じいじのせいじゃないでしゅよ。これは息子であるモンドが関わっているんでしゅから仕方がないでしゅ」

「む。シア様の言う通りですな。身内に敵がいたら周りが気付くのに時間がかかる。それを命懸けで知らせてくれたエラスと妻子には感謝であるな」

「………父……ルード。なんか敬語というか、爺みたいな話し方になってましゅよ？」

ルシアードの変な敬語を指摘するアレクシアと、そんなルシアードを見て爆笑しているゼスト。

すると、先頭のアレンと門番の兵士達が何やら言い争いをしていた。

「俺達は帝都から討伐依頼を受けてやって来たんだぞ！」

「俺達は何も聞いていないからなー？　通行料を払ってもらわないと許可は出来ない！」

ニヤニヤしながらアレンを挑発するように話す兵士に、周りの冒険者達もピリついてくる。

「通行料が払えないなら女を置いていけ！　ギャハハ！」

門の上から兵士がそう叫ぶと周りで笑いが起こる。

アレンはここで問題を起こしたくないので、仕方なく、そして悔しそうに通行料を門番に払った。

「…………ルード。あいちゅらは絶対にワイバーンの餌にしまちゅよ」

「む。仰《おお》せのままに」

怖いことを言う親子にいつもならツッコミを入れるローランドだが、今回は大いに賛成だった。

それはこの町の惨状を見た者なら誰でも賛成するだろう。町は荒れに荒れていた。

町は誰も歩いておらず、大半の家屋は半壊していて正門からは気付かなかったが、反対側の巨大な壁が崩されていた。

「ワイバーンの変異種の仕業《しわざ》か……何故もっと早く依頼を出さなかったんだ!!」

アレンが怒りを露わにサイドラにあるギルド支部に向かって歩いていく。アレンの後を警戒しながら追うアレクシア達だが、冒険者ギルドはそこにはもうなかった。建物は全壊で瓦礫《がれき》の山しかなかった。

「おいおい嘘だろ！　ギルド長は……」

「おい、あそこからかなりの人数の気配がするぞ」

焦るアレンの横にいたゼストが、ギルド跡にある土を指差してあり得ないことを言い出した。

だが、子犬達が走っていき土を掻き分けていくと、扉のような物が現れた。

「おおーー！　お宝がありそうな秘密の扉でしゅ!!」

掘り起こした子犬を褒めつつも、急いでドアを開けようとするアレクシアだがビクともしない。

他の冒険者達も力を合わせて開けようとするが、同じく開かないので途方に暮れていた。

「ぐぬぬ……ルード！　ゼスト！　ローランド！　このドアを今すぐに開けよでしゅ！」

「む。了解致した」

「へいへい」

「ローランドって……いつの間にか俺もおちびの従者になってるぞ！」

幼子に何故か使われるローランドを見て呆然とする赤い悪魔のリーダーであるリク。怒りに任せて抗議しようとした時、あの開かなかったドアが簡単に開いたのだ。あのゼストという男が普通に開けたのだ。

「おい、嘘だろ⁉」

驚いて開いた口が塞がらないアレンと冒険者達。

「さすが馬鹿力でしゅね！　ジジイ！」

「ケッ！　馬鹿は余計だ！　馬鹿娘！」

口では悪態《あくたい》を吐くゼストだが顔は嬉しそうだ。

アレクシア達が薄暗い階段を下りていくと、そこにはこちらを警戒する男達が数人立っていた。

「ん？　コージーじゃないか⁉　生きていたのか！」

「アレンさん！　ああ……来てくれたんですね‼」

アレンと親しそうに話す男は、このサイドラにあるギルドのギルド長コージーだった。コージーとともにいた男達は冒険者や職員達で、奥に進むと町の住民達がいた。

「家を破壊され、命懸けで逃げてきた者達です。奇跡的に死者はいませんが、怪我人が多くて……本当は町の住民全て受け入れたいのですが、避難場所はこの数で限界です。なので怪我人や女子供、老人を優先的に避難させました」

「そうか、大変だったな。帝都のギルドに依頼が来るまでなんでこんなに時間がかかったんだ？」

アレンの疑問にコージーの顔色が変わった。

「このサイドラの領主ラルク様が病で倒れてから地獄が始まったんです！　代わりをしている息子のモンドがクソ野郎で、ラルク様の部下達を次々に解雇してガラの悪い仲間を部下にして町ではやりたい放題……仕舞いにはエラスまで捕まってしまった」

モンドはエラスの妻を気に入りずっと狙っていた。このままではエラスの妻子が危ないと思ったコージーや町の住民は一芝居打って、酷いやり方だが町から追い出した。今回のワイバーンの討伐依頼もなかなか許可が出ずに、皇宮に報告するとコージーが猛抗議をしたのでモンドが渋々許可を出したのだった。

「彼女と子供だけでは心配だったので冒険者達に頼んで気付かれないくらい離れて護衛してもらったんです。……ん？　ああこいつらだ！　リク、大丈夫だったか？」

「……。すみません。ええ、彼女は子供と無事に帝都にいます。衰弱していましたが、キネガー公爵の元で安静にしています」

一斉に赤い悪魔に注目が集まる。リクはバツが悪そうにそっぽを向いてしまったので、代わりに他のメンバーが答えた。

「お前らが屋敷まであの子達を見守り連れてきてくれたのか！　ありがとうな！　嫌な奴だと思っていたが案外良い奴だな!!」

嬉しそうに感謝の意を示したローランドだが、リクは何故か崩れ落ち号泣してしまった。周りは驚いて他のメンバーに説明を求めた。

「すみません！　リクは昔から黄金の英雄であるローランドさんの大ファンでして、今回もローランドさんに会えるかもと期待して依頼を受けたんですが……屋敷にはいらっしゃらなかったので落胆していたら、ワイバーン討伐に現れたので嬉しさで舞い上がっていました。ですが孤高のソロ冒険者のはずのローランドさんが、まさか子供とチームを組んでいたので……」

「だからシアにあんなに突っかかっていたのか？」

アレンは呆れているが、今一つ気付いたことがあった。

「おい、そのシアと従者……子犬もいないぞ!?」

ここまで一緒に下りてきたはずのアレクシア達の姿がいつの間にか消えていた。

†

「気配は消しまちた！　当分見つかりましぇん！」

アレクシア達は強力な認識阻害魔法をかけて、領主の屋敷に向かっていた。

「子犬達はジジイと捕まっている人を助けてくだしゃいな！」

『『『『はーーい!!』』』』

「お前達の方こそあまり暴れるなよ！」

アレクシアとルシアードに言い聞かせると、ゼストは子犬達とともに気配がする方へ向かった。

屋敷の周りや中にはガラが悪い連中がゴロゴロいたが、アレクシアとルシアードには全く気付かない。なので、堂々とラルクがいるであろう一番奥の部屋へ辿り着いた。

「ここにいる。気配がだいぶ弱っていますする」

「…………父上。もうその変な敬語はやめていいでしゅよ。従者はクビでしゅ」

ルシアードの異様な敬語に、クビという鬼畜な終止符を打ったアレクシア。

「む。クビ……」

「シアはいつもの父上の方が良いでしゅよ」

クビと言われて落ち込んでいたルシアードだが、いつもの父上が良いと言われたのですぐに回復して嬉しそうに笑った。

「見張りがいましゅね……シアにいい考えがありましゅ！」

ラルクの部屋の前にいる二人の屈強な男達は、どこからか聞こえ始めた幼子の声に気付いた。

『たしゅけて……あたちの宝を……かえちて……』

「なんだ⁉」

「知らねーよ！」

姿が見えない幼子の声に震え出した男達の前に、白い不気味な仮面を被った幼子がいきなり現れた。

『バーーン！』

「「………………」」

その場は静まり返り、暫く沈黙が続いたが、男達がアレクシアを指差しながら笑い出した。

「おいおい、どこから入ったんだ！　そんな子供騙しの仮面を被って……ああちんちくりんの子供だったな‼」

「親はどこだ！　ただで済むと思うなよ？」

男達がアレクシアを捕まえようと手を伸ばした時だった。彼らはそのまま白目を剥いて床に倒れたのだ。

「……父上、何したんでしゅか？」

「ああ、腹を殴った」

「……シ……シアの作戦通りでしゅね！　シアが囮《おとり》になってそのうちに父上がやっつける！　連携プレーでしゅ！」

アレクシアは何か言いたげなルシアードを無視して、早くドアを開けるようにと目配せする。

そしてルシアードによって部屋は開けられ、室内に入っていく。

カーテンが閉まって薄暗い部屋の奥に大きなベッドがあり、そこに大柄な銀髪の男性、ラルクが眠っていた。

だが、生気がなく頬が痩《こ》けて苦しそうな表情をしていた。

ルシアードはラルクの瞼《まぶた》を手で開き、何かを確認していた。

「これはハイドラの毒だ。瞳が白くなっているだろう？　これがハイドラ毒の特徴だ」

「詳しいでしゅね？」

「ああ、俺も幼い時にこの毒を経験しているからな」

まるで他人事のように衝撃的な発言をするルシアード。

「父上……良く生きていまちたね」

「長らく苦しめて徐々に弱らせていく方法としては一番良い方法だ。それに治療法はないに等しい」

「ないって……じゃあ父上はどうして助かったんでしゅか？」

「祖父が手に入れてくれた……どこから手に入れたのか今でも分からないが、そのおかげで助かった」

ハイドラはSランクの蛇の魔物で、その毒に冒された者で助かった者は誰一人としていなかった。

「その手に入れないといけない物ってなんでしゅか？」

「ああ……竜の血だ。ワイバーンや飛竜とは訳が違う……伝説の古竜だ。御伽話《おとぎ》だと皆が笑ったが、祖父はその血を手に入れたんだ」

ルシアードの話を聞いて、首を傾げて考え込むアレクシア。

「…………あっ！　いましゅよ古竜！　かなり古びた竜がーー！　ウオーーーーでしゅ！」

「……！　ああ、そういえばあいつはそうだったな」

そう言うと二人は、急いで地下にいる〝あの男〟を呼びに行く。


そこには、ロイン伯父上の友人であるエラスがいた。

だいぶ弱っていたが、〝あの男〟がすでに回復させていた。

他にも、無実の罪で投獄させられていた者達も一緒に助け出して回復させている。皆がラルクの部下で、モンドに反抗的だった者達だった。

「ジジイーー!!　助けてほしいんでしゅよ!!」

〝あの男〟ことゼストに助けを求めるアレクシア。

そして、すでに変身魔法を解除した本来の姿のルシアードを見たエラス達は驚いて急いで跪《ひざまず》いた。

まさか、皇帝陛下が自らこの地に足を運んでくれるとは思っていなかったからだ。

「お前達、よく耐えてくれた。ラルクは優秀な部下を持ったな。あとは俺に任せてくれ。あと、エラス。お前の妻子はロインが保護しているから安心しろ」

ルシアードの言葉に、泣いて礼をするエラス達。

そんな彼らにも認識阻害魔法をかけてあげると、難なく外に避難した。危険には変わりがないので子犬達を護衛にした。だが、エラス達はこの尻尾を振る可愛らしい子犬達が護衛と聞いて首を傾げ続けた。

こうしてラルクの元に戻ってきた一行。

「おい、俺に何をしてほしいんだ？」

「血をくだしゃいな！」

アレクシアの発言にゼストは呆れる。

「おい今度は血を売るのか⁉ 今はここの領主を助けるのが先だろ！」

「馬鹿ちんジジイ！ いくらシアでも空気は読みましゅよ！ ラルクしゃんを助けるのにジジイの血が必要なんでしゅ‼」

アレクシアとルシアードから詳しく事情を聞いたゼストも、ようやく理解した。

「ハイドラの毒にというか、俺達の血は何の毒でも効くんだ」

そう言いながらも、手のひらを軽く切りつけて血を瓶に滴《したた》り出した。そして、綺麗な水にその血を一滴だけ入れてよく混ぜると、それをラルクの口に流し込んだ。

すると、青白かった顔に血色が戻り、見る見るうちに回復していった。

「ん……ん？　んんーー!!」

回復して飛び起きたラルクは、自分が回復したことに驚いて頭を抱え始めた。

「おい、元気なら協力しろ」

「ん……ん!?　これは幻《まぼろし》か!?　まさか陛下も死んだんですかな!?」

目の前にルシアードがいることにまた驚いて変なことを言い始めたラルク。そんな彼に事情を説明するルシアードとゼスト。

それを聞いたラルクの顔が厳しくなり怒りに満ちた。

「あの馬鹿息子がああああ!!　昔から手のかかる奴だったがまさかこんなことをするとは……俺に毒を盛るなど……」

そう言って涙を流す壮年の男性に近付いていくアレクシア。

「泣かないでくだしゃいな。シアも実の母に殺されかけまちたから、気持ちは分かりましゅよ！」

「……貴女はまさかローランドの……アレクシア皇女殿下ですかな？」

涙を流し、鼻水を垂らしながらもアレクシアを見て驚いているラルク。

「忙しいじいじでしゅね。黄金の英雄もここに来てましゅから会ってあげてくだしゃいな！」

「ローランドがか……貴女が生きていて本当に良かった。彼に生きる希望を与えてくれた！」

「あんたもこれからでしゅよ！　その前にやることをやりましゅよ！」

「ああ、そうですな！　行きますか！」

そう言ってラルクとアレクシアは、ルシアードとゼストを置いてさっさと出ていってしまった。

認識阻害魔法を解除したアレクシアと、力漲《みなぎ》るラルクがいきなり現れて周りは驚いていた。

「なんでラルク様がいるんだ⁉　毒で弱っているはずだろ！」

「あのラルク様の肩に乗っている子供はなんだよ！」

ガラの悪い男達は急いで武器を手に取ると、ラルクに向かっていく。

だが、ラルクはそんな男達を軽く受け流し先へと進む。

「む。俺達が相手をするのか？　アレクシアが見えないぞ」

大柄な男達がこちらに向かってくるので、アレクシアが見えなくなってしまい不機嫌になったルシアードに彼らは軽く蹂躙《じゅうりん》されて一瞬で終わった。ゼストはそんな倒れた男達を踏みながら先に進む。


そしてラルクの息子であるモンドがいる執務室に突入した一同に、彼は驚いて開いた口が塞がらない。

「父上⁉　なんで……それにル……ルシアード皇帝陛下⁉」

椅子から転がり落ちてブルブルと震えるモンド。毒で死にかけているはずの父親と、まさかの皇帝陛下の出現に逃げようがない。

「何で……ハイドラの毒だぞ⁉　この化け物め！　昔からいつもあんたと比べられて嫌気がさしていたんだ！」

「む。お前の犯した数々の不正の証拠はもう揃っている。ラルクの部下達と町の者が命懸けで集めて届けてくれた」

ルシアードがモンドに告げると、悔しそうに床を叩き出した。

「くそ！　くそ！　もう少しだったのに！」

そんな息子を殴りつけたラルク。彼も悔しそうに泣いていた。

そんな光景をただただ見ているしかないアレクシアだったが、強力な魔物の気配が近付いてくるのが分かり、急いで戦闘態勢を取る。

「父上！　ジジイ！　例のワイバーンでしゅよ！　この屋敷に向かってきてましゅ！」

そこへ駆けつけてきたのは、ローランドやアレン、そして討伐冒険者達だった。

「ラルク！　無事だったか！」

「ああ、ローランド」

ラルクの横で倒れている血だらけのモンドを見て、悔しそうに拳を握るローランド。

「ラルク、あとで話そう……。だが今はワイバーンに専念するぞ！」

「ああ、分かっている。俺の町に手出しするなんざ百万年早いんだよ！」

ラルクがこちらに向かってきた紅いワイバーンに飛びかかった。

炎魔法に特化した巨大なワイバーンにためらわずに飛びかかり、鋼鉄のような皮膚《ひふ》を斬りつけたが、ビクともせずに剣先が折れる。

「ああ！　ラルクしゃんが危ないでしゅ！　せっかく助けたのにー！」

焦るアレクシア達だが、何故かゼストだけは冷静だった。

「おい！　剣じゃなくて拳に魔力を込めて思いっきりぶん殴れ！」

そう言われたラルクは、魔力を拳に込めてワイバーンを思いっきり殴りつけた。

すると、あれ程ビクともしなかったワイバーンの腹に大きな風穴が空いたのだ。これには皆も、アレクシアですら驚いた。

殴りつけたラルクでさえ理解出来ずにパニックになっている。

「ジジイ！　どういうことでしゅか!!」

「……俺の血のせいだ。あいつはもはや化け物だな。あいつと同じだ」

含みのある言い方でルシアードを見るゼストだが、それ以上は何も言ってくれなかった。

こうしてワイバーン討伐は、何故か病から回復したばかりの領主自ら行ったのだった。


町の人々はラルクの回復を大いに喜び、一夜にして町の雰囲気は変わった。

そして、モンドとその部下達にはこれから厳しい処罰が待っている。魔物の売買で得た金は膨大で、その金も地下の隠し部屋から発見された。

ラルクや部下達は町の復興に忙しいので、討伐冒険者達がモンド達を帝都まで運ぶことになった。

依頼報酬は皇宮が出すと聞いて張りきる冒険者達だったが、ローランドだけはラルクと話をするために残ることになった。なので、赤い英雄のリーダーであるリクも残ると大騒ぎしたが、メンバーに引き摺られていった。

「ラルクしゃん……元気出してくだしゃいな」

「アレクシア皇女殿下、ありがとうございます。俺には、あんな息子でも大事な息子なんですよ……殺されかけたのに何言ってんだと笑ってください」

そう言って寂しそうに笑うラルク。

「笑いましぇん。良い父親を持って、あいつは幸せだと思いましゅよ！」

アレクシアの言葉に涙が込み上げてきたラルクの肩を、励ますように叩くローランド。

彼の娘スーザンも罪を犯して牢に入れられているので、彼はラルクの気持ちが痛い程分かるのだ。

†

こうして事件は解決した。

アレクシアはルシアードとゼストそして子犬従魔達とともに帝都に戻り、エラスから預かった手紙をロイン伯父上に渡して、ありのまま起こったことを報告した。

エラスの妻子は近いうちにサイドラに帰れることになった。

「事件解決!!」

ルシアードについては何やら秘密がありそうだが、今はあまり考えないことにした。

そして落ち着いたアレクシアは中庭で子犬従魔達と日向《ひなた》ぼっこをしていた。

ベンチに寝転がりながらも辺りを見回し、誰もいないことを確認するとポケットからある物を取り出した。

「くくく……これでシアは大金持ちでしゅ」

「ほう？　何故ですか？」

「それはこのジジイの血を売れ…………は！」

ベンチの横から感じる気配に今さら気付いたアレクシアは冷や汗が止まらない。

「そんな物が世に出回ったら大事になります。没収です。ついでに何故大事《おおごと》になるかを話し合いましょうか？」

「うぅ……」

恐ろしい笑顔のロインに引き摺られていくアレクシアであった。

SOMEDAY WILL I BE THE GREATEST ALCHEMIST?
いずれ最強の錬金術師？
1~16
小狐丸
KOGITSUNEMARU
シリーズ累計(電子含む)100万部突破!
2025年1月ついに
TVアニメ化!!
コミックス
1～7巻
好評発売中!
1～16巻
好評発売中!
勇者召喚に巻き込まれ、異世界に転生した僕、タクミ。不憫な僕を哀れんで、女神様が特別なスキルをくれることになったので、地味な生産系スキルをお願いした。そして与えられたのは、錬金術という珍しいスキル。まだよくわからないけど、このスキル、すごい可能性を秘めていそう……!? 最強錬金術師を目指す僕の旅が、いま始まる!
地味～な生産職志望の僕に付与されたのは、
聖剣から空飛ぶ船まで、何でも造れる
最強スキル
錬金術!!
……僕、のんびり暮らしたいだけなんだけど
原作　小狐丸
漫画　ささかまたろう
最強の生産スキル
錬金術発動
◉16巻 定価:1430円(10%税込)
1~15巻 各定価:1320円(10%税込)
◉Illustration:人米
◉7巻 定価:770円(10%税込)
1~6巻 各定価:748円(10%税込)
◉漫画:ささかまたろう　B6判

異世界ゆるり紀行
～子育てしながら冒険者します～
1～15
水無月静琉
Minazuki Shizuru
シリーズ累計110万部（電子含む）突破!!
2024年7月
TVアニメ
放送開始!!
（テレ東・BSテレ東ほか）
1～15巻
好評発売中!
コミックス
1～8巻
好評発売中!

HIROAKI NAGASHIMA
永島ひろあき
さようなら竜生、こんにちは人生
GOOD BYE, DRAGON LIFE.
1~24
シリーズ累計
100万部!
(電子含む)
ネットで話題!
2024年
TVアニメ化
決定!
コミックス
1～12巻
好評発売中!
最強最古の神竜は、辺境の村人ドランとして生まれ変わった。質素だが温かい辺境生活を送るうちに、彼の心は喜びで満たされていく。そんなある日、付近の森に、屈強な魔界の軍勢が現れた。故郷の村を守るため、ドランはついに秘めたる竜種の魔力を解放する！
1～24巻 好評発売中!
各定価：1320円（10%税込） illustration：市丸きすけ
漫画：くろの　B6判
各定価：748円（10%税込）
さようなら竜生、こんにちは人生
ネットで話題!
最強竜が人に転生!
「ふむ、村人生活も悪くないな」
さようなら竜生 こんにちは人生
1
最強竜が人に転生!
「村人生活も悪くない」
20万部!
待望のコミカライズ!!

Re:Monster
リ・モンスター
1〜9・外伝
8.5
暗黒大陸編1〜4
金斬児狐
Kanekiru Kogitsune
170万部
シリーズ累計
(電子含む)
突破!
2024年4月4日〜!
TVアニメ
放送開始!!
(TOKYO MX、BS11ほか)
ネットで話題沸騰!
怪物転生
ファンタジー
最弱ゴブリンの下克上物語 大好評発売中!
Re:Monster
リ・モンスター
【小説】
1〜9巻/外伝/8・5巻
◉各定価：1320円(10% 税込)
◉illustration：ヤマーダ
新章
Re:Monster
暗黒大陸編
【小説】
1〜4巻(以下続刊)
◉各定価：1320円(10% 税込)
◉illustration：NAJI柳田
コミカライズも大好評!
Re:Monster
リ・モンスター
【漫画】
1〜11巻(以下続刊)
◉各定価：748円(10% 税込)
◉漫画：小早川ハルヨシ

アルファポリス第16回ファンタジー小説大賞**奨励賞**受賞作!!

トラックにひかれ、気がつくと異世界で5歳児に転生していた元OLの七《なな》瀬《せ》千《ち》那《な》、28歳。偶然出会った3人組のイケメン冒険者パーティーに保護されたチナだったが、なんと彼女は神の子供で精霊姫の称号を持つ、唯一無二の存在だった！ チート能力だらけのチナを優しく受け入れてくれた3人のすすめで、チナは憧れだった冒険者になることに。もふもふの神獣や個性豊かな精霊王たち、ちょっと過保護な仲間たちに見守られながら、チナの自由気ままな冒険者ライフが幕を開ける——!

◉定価：1430円（10%税込） ◉ISBN 978-4-434-33916-5 ◉illustration：蒼

～子狼に
気に入られた男の
転移物語～
拾ったものは大切にしましょう
著 ぽん
PON
1・2
異世界で
狼と双子拾いました。
アルファポリス
人気ランキング
第1位
※期間:2020年3月～4月
ぼっちの狼と孤児の双子と一緒に
幸せな冒険者生活を送ります！
子狼を助けたことで異世界に転移した猟師のイオリ。転移先の森で可愛い獣人の双子を拾い、冒険者として共に生きていくことを決意する。初めてたどり着いた街では、珍しい食材を目にしたイオリの料理熱が止まらなくなり……絶品料理に釣られた個性豊かな街の人々によって、段々と周囲が賑やかになっていく。訳あり冒険者や、宿屋の獣人親父、そして頑固すぎる鍛冶師等々。ついには大物貴族までもがイオリ達に目をつけて――料理に冒険に、時々暴走!?　心優しき青年イオリと“拾ったもの達”の幸せな生活が幕を開ける!
●2巻 定価:1430円(10%税込)／1巻 定価:1320円(10%税込)　●illustration:TAPI岡
可愛い家族が増えました!

この作品に対する皆様のご意見・ご感想をお待ちしております。

おハガキ・お手紙は以下の宛先にお送りください。

【宛先】

〒150-6019 東京都渋谷区恵比寿4-20-3 恵比寿ｶﾞｰﾃﾞﾝﾌﾟﾚｲｽﾀﾜｰ19F
（株）アルファポリス　書籍感想係

メールフォームでのご意見・ご感想は右のＱＲコードから、
あるいは以下のワードで検索をかけてください。

アルファポリス　書籍の感想　検索

ご感想はこちらから

本書はWebサイト「アルファポリス」（https://www.alphapolis.co.jp/）に投稿されたものを、
改題、改稿、加筆のうえ、書籍化したものです。

転生皇女《てんせいこうじょ》は冷酷皇帝陛下《れいこくこうていへいか》に溺愛《できあい》されるが
夢《ゆめ》は冒険者《ぼうけんしゃ》です！ 2

akechi（あけち）

2024年　5月　31日初版発行

編集－高橋涼・芦田尚
編集長－太田鉄平
発行者－梶本雄介
発行所－株式会社アルファポリス
〒150-6019 東京都渋谷区恵比寿4-20-3 恵比寿ｶﾞｰﾃﾞﾝﾌﾟﾚｲｽﾀﾜｰ19F
TEL 03-6277-1601（営業）　03-6277-1602（編集）
URL https://www.alphapolis.co.jp/
発売元－株式会社星雲社（共同出版社・流通責任出版社）
〒112-0005 東京都文京区水道1-3-30
TEL 03-3868-3275
装丁・本文イラスト－柴崎ありすけ
装丁デザイン－AFTERGLOW
印刷－中央精版印刷株式会社

価格はカバーに表示されてあります。

落丁乱丁の場合はアルファポリスまでご連絡ください。

送料は小社負担でお取り替えします。


ISBN978-4-434-33926-4　C0093